巴桑的大海

上篇

海勒根那 著

天津出版传媒集团
百花文艺出版社

图书在版编目（CIP）数据

巴桑的大海 / 海勒根那著. -- 天津 : 百花文艺出版社, 2022.6
（百花中篇小说丛书）
ISBN 978-7-5306-8279-1

Ⅰ. ①巴… Ⅱ. ①海… Ⅲ. ①中篇小说-中国-当代 Ⅳ. ①I247.5

中国版本图书馆 CIP 数据核字(2022)第 042045 号

巴桑的大海
BASANG DE DAHAI
海勒根那　著

出 版 人：薛印胜　**选题策划**：江惠仁
编辑统筹：徐福伟　**责任编辑**：李　跃　孔吕磊
装帧设计：任　彦
出版发行：百花文艺出版社
地址：天津市和平区西康路 35 号　**邮编**：300051
电话传真：+86-22-23332651（发行部）
+86-22-23332656（总编室）
+86-22-23332478（邮购部）
网址：http://www.baihuawenyi.com
印刷：山东临沂新华印刷物流集团有限责任公司
开本：700×980 毫米　1/32
字数：46 千字
印张：4.5
版次：2022 年 6 月第 1 版
印次：2022 年 6 月第 1 次印刷
定价：32.00元

如有印装质量问题，请与山东临沂新华印刷物流集团有限责任公司联系调换
地址：山东省临沂市高新技术产业开发区新华路 1 号
电话：(0539)2925886　邮编：276017

海勒根那 / 作者

海勒根那，内蒙古“中生代”代表作家。出版有短篇小说集《到哪儿去，黑马》《父亲鱼游而去》《骑马周游世界》等，诗集《一只羊》。作品散见于《民族文学》《青年文学》《天涯》《作品》《草原》等文学期刊，有小说被《小说月报》《小说选刊》选载。曾获第十二届全国少数民族文学创作骏马奖，第十届、第十二届内蒙古文学创作索龙嘎奖，第三届内蒙古敖德斯尔文学奖等奖项。现居呼伦贝尔。

一

我跑长途做运尸人那些年，大抵都是从城里的医院往乡下运送死去的病人，却从没想过会遇到一个溺水者。那是初冬季节，租车的是一位来自草地的中学教师——呼德尔，三十多岁，死者是他的同乡，叫巴桑，据说是在远洋捕鱼船上做船员，因台风遇险而死，他要拉死者回来，到故乡安葬。草地的牧人去大海里捕鱼，我还第一次听说。我开口要了个价钱，对方也没有还口，一单生意就算成交了。我们从巴镇出发，行程有一千五六百公里，到达渤海湾的一个码头。渔船公司委托船长接待我们。船长五十开外，是个山东大汉，满脸歉意，安排我们住宿，并请我俩在一家高档餐厅用餐，席间一再说：巴桑是个好人,他很能干,是我见过的最好的船员。又拿出一张汇款单据给呼德尔看,说:按出海人的规矩,每个船员都会留下遗嘱,遵照巴桑先生的遗愿,我们已经把他的抚恤金和保险金汇给了海参崴的杉蔻女士,至于他的所有安葬费都由我公司负责。谈到这些,我自觉地回避,到室外去吸烟。那天夜里,呼德尔和船长聊到很晚,直到餐厅打烊。

第二天一早,我们在殡仪馆的停尸间里见到死者,他身边摆满鲜花,身上覆盖着白色蒙布(上边银光闪闪,似乎沾有零星的鱼鳞)。几个殡仪人员把死者抬起,放进我面包车的冷冻箱里,令人诧异的是,这具尸体好像没有下肢。此时呼德尔已与船长握手道别,大个子船长一直目送我们离开,直到望不见为止。

说实话,那趟差我接单时就有点打怵。按我们那儿的民间说法,溺水而死的人阴魂不散,又湿又重，一般跑长途的司机不会拉运这样的尸体，它随时能压垮你的车子，或者拖拽你的车轮。瞧，麻烦事说来就来了，先是天公不作美，昨晚，辽东半岛突降十年一遇的大雪，高速封路。奔丧不能停留，我干脆走乡村公路，那会儿还没时兴导航，只能边问路边行车。厚厚的积雪被车辆蹚得泥泞不堪，车轮不时打滑，我把紧方向盘，这种路况只能以四十迈的速度行驶，又不宜播放音乐，无聊透顶，唯一能消磨时光的，就是和同行人闲聊。呼德尔看起来情绪不佳，他坐在副驾驶的位置，遥望窗外的远方，似乎还沉浸在失去亲友的哀恸之中，我和他搭了好几次话，他才肯开口说话。

你和这位朋友感情很深？我问。

呼德尔点点头，说：是的，他从小和我一起长大，是我最要好的朋友。

他怎么去的远海捕鱼？

说来话长，呼德尔凝神片刻，说：不记得是哪个萨满讲过，有时需要山上的云雾散去，才能看清山顶。巴桑也如此，他是个有很多故事的人……

我望了望讲述者，摆出一副愿意倾听的样子。

呼德尔就打开了话匣子：这样，我还是从他小时候说起吧。师傅，你听说过“阴兵过境”吗？

什么是“阴兵过境”？

那是民间的一种说法。离我们牧村几十里的山谷里，有一个很神奇的洞，经常能听见千军万马厮杀的声音，牧村的老人都说那是十三翼之战时，成吉思汗兵败躲避到这个山洞留下来的。

你亲耳听到过？

是的，亲耳听到过，我的伙伴就是巴桑，是我俩一起听到的……那会儿我和巴桑也就十来岁，一次小学组织夏令营，去的就是那个山谷。孩子王布仁的主意，趁老师不备，要偷偷带我们探秘那个赫赫有名的山洞。巴桑从小没有双腿，经过一段怪石嶙峋的石塘林时，他落到了后面。到了山洞，没有一个孩子敢进去。布仁提出来，谁敢进山洞，他愿意赏赐那个人一瓶汽水。那时来看诱惑足够巨大，但仍无人响应。等巴桑凭借两只胳膊走到我们面前时，布仁有了坏主意，他先让大家闭嘴，然后对巴桑说：刚刚我们都进了山洞，现在就差你了！巴桑满脸尘土，把目光落在我的脸上，我瞅瞅布仁，并不敢揭穿。布仁催促他：还不赶快爬进去！几个小伙伴也起哄：爬进去！爬进去！巴桑两只手拄着鹅卵石，支撑着他黑瘦的身体，一耸一耸地向山洞里行去，直到隐没不见……

所有人都屏住呼吸，想听到那一声比野兽的叫声还尖厉的嘶吼，或是巴桑的一声惊恐的惨叫，可是没有，山洞里一点声音都没有。过了好一阵，布仁忍不住呼喊起巴桑的绰号——没腿青蛙！却听不到任何回应。不知是谁说了一句:他是被怪物吃掉了吗?话音刚落,一个家伙撒腿就跑,其他孩子随之一哄而散,布仁想唤住他们却为时已晚,他不得不快马加鞭追赶他们去了。我一个人留下来,忐忑极了,一步一步挪向洞口,直到走进偌大的阴森而漆黑的山洞里,我小心地呼唤:巴桑!巴桑!山洞空旷,除了我的回声,似乎还有水滴的叮咚声,再没有其他动静。我不得不再往里面探步,阴暗潮湿的地上影影绰绰能见到发着白光的碎骨,有什么东西向我扑面而来,我吓得躲避开去,原来是几只蝙蝠扑棱棱从头顶掠过,就在我差点放弃的时候,里面传出了巴桑的声音:我在这儿……我硬着头皮摸索到他身边,他在黑暗中睁着明亮而新奇的眼睛,对我耳语说:你听!我沉下怦怦的心跳,侧耳谛听,只听得山洞里面隐约传来潮水汹涌之声,仿佛正有节奏地拍打着海岸……

我惊奇着，掏了烟递给讲述者。

那是大海的喘息，呼德尔语气肯定：我和巴桑听得真真切切，而且山洞里不时还传出海水的鱼腥气……我俩也曾举着火把往最里面探寻过，大约五百米之后，洞穴却朝着地下去了，像个无底的深渊，声音好像就是从那里传出来的。巴桑丢下去一块石子，似丢到一片云雾里，连个回响都没有。

你俩没听到阴兵过境的声音吗？

没有，我想那一定是大人们听错了，因为有暴风雨的时候，山洞里的波涛声会很大，时断时续，由远及近的，在山洞里听，有时甚至震耳欲聋，里面似乎有海鸥的鸣叫声、鲸鱼的喷瀑声，可能大人们把这些声音误听作人喊马嘶了……巴桑让我用绳子把他顺到谷底去，我没敢做，巴桑没有腿，万一绳子断掉，他想爬都爬不上来……

他怎么会没有双腿？我问。

那还是巴桑六七岁的时候，和同村的一个稍大的少年去哈拉哈河边玩耍，他俩在河里摸到了一个锈迹斑斑的铁家伙，呈锥形，死沉死沉的，比十条大鱼还要重，两人费好大劲才把它拖到岸上，以为拾到了什么宝贝，研究半天也没找到打开的门道或缝隙，只好举了大石块猛砸一气，那个黑乎乎的铁家伙倒是打开了，却是在震耳欲聋的爆炸声中四分五裂的，火光和硝烟把两个孩子掀出好远。最后那一下是稍长的少年砸响的，他的肢体被炸得七零八落，巴桑离得稍远，结果也失去了两条腿……后来大人们说，那是一枚炮弹。

我哦了一声。

呼德尔说：我之所以从这个山洞讲起，是因为巴桑向往大海的情结似乎是从这里开始的。说起这些，就不能不提到巴桑的身世，他天生就是个苦命的孩子……巴桑从小没有母亲，他父亲达里，原本是最好的牧马人，也是牧业生产队的队长，巴桑三岁那年春天，整个牧业旗闹雪灾，刮白毛风，半米之内都看不到人和物，铺天盖地的大雪，像白色的绒毛一样大的雪花，但绒毛落下来没有声音，这样的雪花可不是噼里啪啦地响成一锅粥似的，被狂风吹着，满世界一片混沌……那雪是湿的，落在身上一边融化一边结冰。这样的大风雪，牲畜最容易迷路，因为会顺着风雪疯跑，不出所料，生产队的几百匹马不见了，达里是生产队队长，带着所有马倌儿去风雪里寻找，生产队书记曾劝阻他：孩子那么小，又没有母亲，你就不要去了吧。达里都没顾得上回答，拎着酒瓶子和雨衣就跨马而去了……几天之后，人们在几百公里之外的科尔沁沙地找到他时，他已冻死在了那里……

牧村里有几户人家要抱养巴桑，大队书记巴雅尔权衡再三，还是把小巴桑交到了孤寡老人斯琴额吉的手里。这位老人家一辈子吃斋念佛，整天拿着一大串菩提子佛珠数来数去，因为给菩萨磕头，膝盖和额头都跪磕出了茧子。斯琴老额吉的心地更是菩萨般的，这点我就可以做证，小时候，我亲眼看到老人家在夏营地的蒙古包里养过两条蛇，没人知道它俩是怎么进到毡包里来的，总之去她家的牧人都要小心翼翼，说话不可高声，以免惊扰到蛇，这是老额吉定下的规矩。那时出于好奇，我们几个小伙伴经常去巴桑家看两条大花蛇孵蛋。有一次，在半路我们遇到了其中的一条，它足有牛角那么粗，几个孩子恶作剧，捡了一根棍子挑逗它，结果被放羊回来的斯琴老额吉撞了个正着，老人家平时慈眉善目，看到我们从来都满脸笑意，从来没见她发过火，可那天老额吉却怒不可遏了，她抡起拐棍追打我们，不停地责骂我们，仿佛那是她生养下的孩子，伙伴们一哄而散了，她还骂个没完呢，直到太阳落山，直到晚风吹断了她喋喋不休的声音。

那次巴桑被炸飞双腿,若不是斯琴老额吉没日没夜地呵护,悉心地照料,不停地向佛祖为巴桑祈福,巴桑可能熬不过那场厄运。

二

从早上开到中午,车子刚到瓦房店。一个三岔路口,我停下解手,顺便问问路,一个开大货车的师傅给我们指了指大石桥方向。午后天气转暖,阳光将道路上的冰融化成雪水,我计划天黑之前怎么也要赶到辽阳,否则傍晚气温下降,道路结冰,将更难行驶。

小时候, 巴桑家坐落在村子东边的草坡上,那是两间黄泥土屋,院落是用红柳枝编成的,被风雨侵蚀成干灰色。有两道长满蒿草和车前子的车辙通往他家。童年的巴桑就用那两团肉瘤在土路上蹦来蹦去,稍大些,知道廉耻后,就秘不示人了,只用两只手走路。

那时，除了我，没有一个孩子愿意和他做朋友，他们总是欺辱他，耻笑他，给他起各种绰号，什么没腿青蛙、老头鱼、螃蟹、半截人、怪物等等。那时，牧业生产队已经解体，每家都分到了马、牛、羊。牧村的孩子们基本上都会骑马，我们在草地上赛马，使劲吆喝，任意驰骋，十几匹马一溜烟儿射向草原深处，那感觉棒极了。每每这时，巴桑只有远远地伫在土墩上望着的份儿，他和斯琴老额吉虽然也分到了一匹枣红马，可他没有腿，夹不住马鞍，根本没法骑马。有时，伙伴们反身回来，会打马绕着他嗷嗷地叫嚷起哄，将他矮小的半截身体淹没在飞扬的尘土里。

一次，巴桑问我在马背上是什么感觉。我想了下，告诉他，应该像在大海里行舟，草原在马蹄下就像无边的海浪，马背上的人在它的上面起起伏伏，而风好似海潮一样灌满你的耳朵……巴桑听了，默默地转身用双手走开了。没想到，那天傍晚就出了事，十几岁的巴桑用一条绳子将自己绑在马鞍上，马没跑出多远，他就被甩下了马背，像一袋面粉那样重重摔在了地上……斯琴老额吉抱起浑身是土的巴桑，用她那双干瘪的布满蚯蚓般皱纹的手拍打着巴桑的脸蛋，呼唤了好半天才把他叫醒。巴桑满额头都是血，平静地看着斯琴老额吉，好像什么都没发生……巴桑的右臂脱臼了，斯琴老额吉带他去看赤脚医生时，他的右手掌朝外翻垂着，晃晃荡荡的，可他一声也没吭。

这件事发生后，巴桑一直在家休学，有很长一段时间没有伙伴见到过巴桑，我们还以为他安心在家养伤呢。令人没想到的是，他再次出现在我们面前竟是骑马飞奔的情景。那天黄昏，我们放学后正在河边玩闹，一个少年乘着枣红大马从牧村中蹿出来，速度极快地掠过我们身边，向远方落日处驰去。是布仁最先看到并认出的他，布仁目瞪口呆地望着马上的人：巴桑？是巴桑？我们纷纷转头去看，都有点不敢相信自己的眼睛。那是布仁第一次叫巴桑的名字。等巴桑跑了一大圈回来，我们都盯着他的身下瞧，可那里根本没有什么绳索，巴桑是端坐在马鞍上的。那两个肉瘤被他像鱼尾巴似的翘在前鞍桥上。接着，我们又为另一个发现所惊奇——他的马鞍上没有马镫，那下面空空荡荡！事实上，他要马镫也没有用处，马奔跑起来，马镫上下晃荡应该十分碍事。可要知道的是，我们这些十几岁的孩子攀上马背不仅依靠腿和马镫，有时甚至还需要套马杆来帮忙。

布仁冲他喊：咴，别告诉我是拄拐都站不稳的斯琴老额吉把你扶上马背的！

巴桑用眼角余光俯视了一眼布仁，然后大声告诉我们:是阿爸,我的阿爸!

他这么说可不得了，谁都知道巴桑的阿爸死了,那个好骑手死了,虽然我们牧村有如是传统,男孩第一次上马都要由自己的阿爸亲自扶上马背,可是一个死去的人怎么会做到这一点,很明显是巴桑在说谎。

你确定是你那个死去的阿爸？布仁问。

巴桑使劲点点头,没容布仁再追问,他已掉转马头疾驰而去了。

三

我听呼德尔讲述这些时，怎么也与车后的溺水者联系不到一起，仿佛在听别人的故事。是啊，在呼德尔的口中，巴桑那么鲜活，而死者那么冰冷。车快没油了，好不容易找到一个乡村加油站，我赶忙将车加满油，顺便问了下女加油工，到辽阳还有多远。女加油工看了我一眼：大哥，你走错方向了，这条路去往丹东。我一惊，三岔口的路牌明明写着大石桥，怎么会拐到这条路上，这意味着我们从西海岸跑到东海岸去了。我朝着雪地呸了几口，感到晦气得很。上了车，我狠砸了下方向盘，不得不一边掉转车头，一边向呼德尔求证，呼德尔说，他也记得路牌上写的是大石桥……好吧，本来大雪封路，这又走出几十公里冤枉道。

情绪所致，我不再顾及冰雪路面，加快了行驶速度，心里赌气地默念：管它什么邪，我可不相信。

呼德尔显然有着很强的表述欲。

知道“达里”是什么意思吗？呼德尔说。加满油后，车厢内弥漫着汽油味，他将车窗摇下缝隙，透了透空气。

你说的是巴桑父亲的名字？

是的，没等我回答，他便公布了答案，是大海的意思。

这有什么含义吗？我问。

没有，呼德尔说，但它对巴桑具有非凡的意义。他父亲死去时，巴桑太小了，他根本不记得父亲长什么样。在乡邻的描述中，达里少年时就曾获得过十个牧业生产队的赛马冠军，长大后更有着高高的个头，强壮得像犍牛似的体魄，而且能吃能喝，放牧、套马、摔跤样样在行。直到达里死去很久，牧村遇到什么棘手的事儿，还有人在说：要是达里活着就好了。相比之下，巴桑是那么弱小、残疾，人们都不敢相信他是达里的儿子。每当牧村人说起父亲，巴桑都会睁大憧憬的眼睛，听得心驰神往。

那天一大早，巴桑敲开了我家的门，紧张兮兮地附耳对我说昨晚达里来看望他了。这话让我一惊。为了证明这是真的，巴桑特意拿来了佐证：一枚海螺。这是达里给我留下的，他还摸了我的头，夸我骑马骑得好呢。他还说什么了吗？我接过那枚残破的海螺看了看，心惊肉跳之余，感觉好像在哪儿见过。他没说什么，就转身走去了。我问他，要去哪儿。你猜他怎么说？巴桑顿了一下说：我要去寻找大海……我噢了一声问：你为什么要去寻找大海？他说：我也不知道，大海是世界上最广阔的地方吗？应该是。我说。巴桑把那枚海螺放在耳边听了一会儿，然后迫不及待地递给我:你听,里边好像有人在喊:巴——桑——巴——桑——我接过来贴在耳旁,却什么也没有听见……

巴桑坚信父亲为他做的一切,第二天他就把海螺穿起来挂在了脖子上。不过,布仁可不会轻易被哄骗,那时他的父亲已经当上了牧村的村长,这使得他更加耀武扬威。一天傍晚,布仁与几个伙伴抓到了巴桑,让他交代到底是谁扶他上马背的……布仁手里拿着马粪球,让昂沁(村会计的儿子)和另一个帮凶按住巴桑的胳膊和脑袋,说:你要是再敢撒谎,我就把马粪塞你嘴里,说,到底是谁?巴桑眼里吐着火舌:是我阿爸!布仁给了他一个嘴巴:那是个死人,你骗不了我们!是我阿爸!就是我阿爸!你想让我们把达里从坟墓里挖出来给你看吗?不,我阿爸他没有死,他去寻找大海了!胡说,昨天我们都找到埋葬达里的那块草地了!不,达里没有死,我的阿爸没有死！巴桑拿出宁死不屈的劲头。

布仁命令帮凶掰开巴桑的嘴，并喊着：这是你自找的！我们要堵上你这张撒谎的嘴……

其实我是知道实情的，可懦弱的性格让我保持了沉默，我真不配做巴桑的好朋友。就在这时，小我一岁的妹妹阿丽玛冲到布仁他们身边：你们放过他吧，我知道他是怎么上的马背，是我哥哥亲眼看到的……所有孩子都转头看阿丽玛和我，巴桑的头此时已被昂沁踩在地上，布仁一副狞笑的样子：不用你们说我也能猜到，是不是像矮猪那样攀着墙头，或者是搬来他家最高的梯子和板凳，爬上去的？伙伴们捧着肚皮哈哈大笑了，在我们的乡俗里，这样的笑话是形容最没用的人。不，那不是事实，我终于站了出来，对他们说：恰恰相反，巴桑比我们都勇敢，他，他是拽着马尾巴上的马背……

布仁定定地望着我的眼睛：你也学会了撒谎！

不，这是真的，我可以对着长生天发誓……我的手心里全是汗水。布仁这才丢掉了手里的马粪球，小帮凶们也放开了手，大家都知道，只有最厉害的骑手才会抓马尾巴上马的。走吧，有腿有脚的咱们踢足球去。布仁领着兵马悻悻然地走向不远处的足球场。

巴桑坐起身来，抓起那几颗马粪使劲向他们的背影抛去：不，是我的阿爸扶我上马的，就是达里……他怒骂着：你们这些浑蛋……

那次，所有小伙伴算是领教了巴桑的倔强，而阿丽玛似乎对巴桑有了特殊的好感……

巴桑是个极懂事的孩子，他很小就当起了家里的小劳力，里里外外的活计他总是和斯琴额吉抢着干，除此之外，他还要百倍细心地侍弄他的枣红马，与他的坐骑形影不离。与此同时，巴桑的马术可是越来越棒了，甚至超过了所有的伙伴。他只靠双手，就可以在马背上闪转腾挪，上下翻飞，像做体操鞍马那样，把整个牧村都惊讶到了。对此，布仁相当不服气，作为孩子王，他不仅有过硬的拳头，更有拔尖的性格。他给巴桑下了挑战书，并用一串精美的马铃铛当赌注，他输了即刻奉上，他赢了，巴桑将喝一碗马尿。我和阿丽玛劝巴桑不要应战，巴桑却握紧了拳头，说：我倒是想和他比试比试……

那次，他俩赛的是平地抓羊。我暗暗为巴桑捏着一把汗，阿丽玛表情更为焦虑，她跺着脚，双手合十，为巴桑不断做着祈祷。随着一声口哨响，两匹马扬尘而去。布仁先抵达目标，他一个鹞子翻身，单腿蹬着马镫，俯身下去，准确无误提走了地上的羊头。叫好声一片。再看没有双腿的巴桑，这个动作对他来讲本身就不公平，他像猿猴那样一手攀住马鞍，凭着一臂之力探身而下，眼见着接近地面，却失手跌落下来，阿丽玛不由得尖叫了一声，那一刻，我们这些旁观者都闭上了眼睛，然而悲剧并没有发生，巴桑紧握的马缰绳挽救了他，让他凭借臂力重抬起身子。此时，枣红马已飞身掠过目标……那一碗马尿是昂沁给接的，满满当当一大碗，浊黄色的液体还冒着热气。巴桑望了一眼人群中的阿丽玛，脸色通红，嘴唇颤抖着转过头去，阿丽玛捂住了眼睛蹲下身去……巴桑掐着鼻子，咕咚咕咚喝掉一半的时候，就呛出鼻涕眼泪，一股脑儿呕吐出来，直吐得昏天黑地……我看到妹妹挤出孩子群，一边哭泣一边跑掉了，两支辫子像燕子的翅膀那样飞来飞去。

不过，这不是最后的结局。我要说的是，就在两个月之后，巴桑终于赢了布仁，这回他是单手抓着马肚带拾走的一小根羊骨棒，布仁看完巴桑完成的动作，他连马缰绳都没碰一下，直接放弃了。不过出人意料的是，巴桑并没有要布仁那串马铃铛，他只低头去看布仁身后那几条牧羊犬，其中一条正趴在地上舔舐后腿上的伤口。那条狗是在布仁领导的一次追击野猪群时受了重伤，后腿被一头公猪给咬断了，外皮的伤口还没愈合呢。

巴桑指了指那条残狗：我不要你的马铃铛，我想要它。

布仁惊诧了，瞧了半天巴桑：你确定要的是这条，而不是那条？

巴桑点点头。

可别反悔。

巴桑摇了摇头。

布仁也晃了晃脑袋，重新把马铃铛戴在自家的马脖子上，踢了瘸腿狗一脚：真是物以类聚啊，去吧，去找你的新主人去吧。

那天，阿丽玛没有亲眼看到巴桑的胜利时刻，因了上次的阴影，她拒绝再目睹这一切。黄昏的时候，巴桑带着他的瘸腿狗来到我家门口，我母亲一向可怜这个没有父母的孤儿，这时便唤他进屋吃一口饭，巴桑执意不肯进来，问我母亲：阿姨，家里有没有涂抹伤口的药水和纱布？母亲说：是你受伤了吗？巴桑摇头，指指手里牵着的狗：是它的腿化脓了。阿丽玛立即放下碗筷，自告奋勇，说：我知道在哪儿放着。忙不迭地去翻找。

我和阿丽玛把住牧羊犬，巴桑悉心地为它消杀伤口，缠上纱布。我问巴桑，为什么偏偏选中了这条没用了的狗，它的伤即便好了，那条腿也会残疾。阿丽玛抢过话来：我懂巴桑为啥选了它，如果是我，我也会……

巴桑抬头望了一眼妹妹，好半天说了一句：谢谢你，阿丽玛。

从那以后，没腿的巴桑就和三条腿的牧羊犬形影不离地走在一起了，远远看他俩走路的样子，一个一耸一耸地前移，一个一蹦一蹦地随后，着实有几分滑稽。当然，巴桑的身旁还会有他最喜爱的枣红马。

四

夏日的傍晚比飞机在天上拉的白线还要长，从日落到天黑至少要两个小时。要不是巴桑来找，我和妹妹难得有这个清闲，要知道少年时的我们就开始帮助母亲做家务，喂猪打狗，饮羊归圈。我们仨一路蹦跳说笑来到村外的草原。此时的草原宁静极了，昆虫们不再躁动，纷纷躲到草丛里去，云雀刚刚还在天空迎着落日和最后一抹夕光炫舞，这会儿就像一块石头那样，直直地砸向地面，瞬息不见了踪影。太阳徐徐落到天边去，先是把一大片云霞的边缘熨红了，接着，暗淡的山冈也被它点燃起来，直到把我们三个少年的脸烧着了，烧得红彤彤的。

落日可真美！阿丽玛蹲坐在那里，用双手托着一副痴迷的表情。

巴桑抚摸着他的狗，也望向天边。说实话，在那天傍晚之前，我从未仔细端详过这位伙伴，人往往会对自己身边的事物熟视无睹，我对巴桑的印象多半出于怜悯和同情，所以总认为他是个弱者，弱者就不会有什么突出之处，多半与瘦小、孱弱、病态相关联。但那天傍晚，许是夕光的照耀形成的明暗影对比，许是他用残疾之躯赢得了一个强壮的对手让我刮目相看，总之在我无意间注视他的那一刻，忽然发现巴桑的脸庞那么明朗，他有着剑一般的眉毛，眼睛虽然细小但炯炯有神，黑珍珠般发着亮光。他的鼻子并不像我们蒙古族人的塌鼻子那样低矮，而是挺挺有力地直翘起来，衬在一张轮廓分明的乌红色的脸膛上，显得那么俊美，包括他的嘴，都仿佛为了衬托这张脸而长在恰到好处的位置，嘴唇有棱有角。此时他面朝残存的夕阳，神情肃穆的样子更显出一份少年不该有的刚毅。那一刻，一个神话中的少年英雄形象从我脑海里闪现出来，让我不由自主地喊出：海力布！

巴桑和阿丽玛被惊扰到，把头转向我，我摆了摆手说：没什么，我刚刚看到巴桑的模样，感觉有点像传说中的猎手海力布。

你说的是那个最后变成石头山的海力布？阿丽玛问。

我点点头，反问阿丽玛：你不觉得有点像吗？

巴桑觉得好生奇怪：你俩在说什么？

呼德尔在说一个英雄，你没听说过吗？阿丽玛说。

巴桑摇头。

阿丽玛来了兴致，一双燃烧着夕阳的眸子对着巴桑，用那种稚嫩的未成年少女的温婉动听的声音讲起了故事——

据说很久以前，在我们大草原上有一位少年猎手叫海力布，他有着英俊的面容、坚强的毅力和高超的射箭技艺。他每天出去打猎都会给整个乌力楞（氏族）带回好多猎物，人们都称赞他为最好的“莫日根”（打猎能手）。有一天，他又出去打猎，明明是白天可是天空却一下子黑下来，海力布抬头一看，一只大得不得了的老鹰扑扇着遮天蔽日的翅膀从远处飞来，两只鹰爪像铁锚一样粗，正抓着一条小白蛇，小白蛇不断扭动身躯呼喊着救命！海力布赶忙奔到山顶，拼尽力气搭弓射箭，那嗖嗖带响的箭正中鹰爪，老鹰啸叫一声，松开了爪子，小白蛇从空中跌落下来……

谢谢你救了我。小白蛇说：我是大海的女儿，东海龙王的公主，你能把我送回家去吗？我的父王会报答你的。

海力布把小白蛇缠在身上，一路将它送回大

海。龙王在大海的深宫里接待女儿的救命恩人，问眼前这个英俊的少年：为了报答你，我要将女儿许配给你，但有一个条件，就是女儿必须留在我身边，你愿意留下来吗？这时，小白蛇已经变成了一位亭亭玉立的公主。海力布想了一想，说：我虽然喜欢你的女儿，可我还要打猎，我离不开我的草原，那里有我的亲人们，我更要和他们在一起。

小白蛇失望地哭泣起来。龙王手捻龙须说：你是个好样的"莫日根"，既然这样，我就赐你一块宝石，你再打猎时含在嘴里，就会打到更多的猎物……

海力布回到家乡，回到草原，按龙王所言，把那颗宝石含在嘴里，神奇的事情发生了，他竟然能听懂所有动物的语言，于是，他每天能够打到更多的猎物了，天上的飞禽、地上的野兽……

阿丽玛正娓娓地讲着，巴桑却皱起了眉头，捂着胸口……

怎么了，你哪儿不舒服了吗？阿丽玛问他。

没有，我刚刚在想，为什么海力布能听懂动物的语言，还会去猎杀它们。他用一只手抱住牧羊犬的脖子，与它头与头相挨，说：如果是我，我会和飞禽走兽做朋友，绝不去伤害它们……

看到巴桑的样子，阿丽玛有点不知所措，她走过来，一边摸了摸牧羊犬的脊背，一边和他说：别傻了，巴桑，那只是个神话传说，你干吗当真呀！

为了缓和气氛，我一边假作放松地双手抱头躺在草地上，一边开起玩笑：海力布也真傻，龙王的公主都不娶，非得要回草原，要是我，我就当他的乘龙快婿。巴桑，你呢，你怎么想？

我想，我不会是海力布，更不配娶什么龙王的女儿，不过我倒是最向往大海，有一天我会去看看龙王……

巴桑的话让我们哈哈大笑，我们又相互追逐打闹起来。

太阳隐身后，余晖让它身后的晚霞火红了好一阵子。当头顶上泼墨般的流云渐渐消隐于黑暗，最后一条木炭似的晚霞也燃成了灰烬。那天我和巴桑、阿丽玛三个人在草原待到很晚，直到星星在天空登场，一小块月亮原来是在南面的天空悬着的，却一直被忽略，现在终于显露出来，晶莹剔透。而蹲守在草原一隅的三位少年正被命运的夜雾所笼罩，对于我们而言，一切皆是未知。

不久之后，不幸的巴桑又失去了他的一个重要伙伴，这使他刚刚生出的一点自信又被现实击了个粉碎。事情源自斯琴老额吉的忽然患病，一辈子吃斋念佛的她却再吃不下东西，腹痛难耐。巴桑求来村人，把老人送到医院诊治，原来老人是肚子里长了一个碗底大的东西，必须手术治疗，可这需要一大笔费用。依仗老人在牧村的名望和好人缘，村民各尽所能，纷纷掏了腰包，可仍凑不齐手术的花费。巴桑把眼神落到自家那匹枣红马身上，这是他和老额吉唯一值钱的“家当”了。

枣红马被牵走的前一天晚上，巴桑就像送别自己的兄弟姐妹那样，与它依依不舍。黄昏的时候，他最后一次骑乘了这个伙伴，他不让它迅跑，只是抱着它的脖子在马背上信马由缰，任它的心意游走。在村外，他遇到了布仁，布仁冷眼望着巴桑和他的马，问他：咴，小子，听说你把它卖掉了？可惜呀，我还想和你赢回我的瘸腿狗呢。巴桑趴在马背上，好像没听见他的话……曾给过他力量和希望的马儿，就这样离开了他，那一晚，他的泪水浸湿了枕头。

枣红马是被科尔沁南部农区的人买走的，他们要用它拉车耕地。巴桑和买马的人交换马缰绳那一瞬，倔强的巴桑却抱住马的前肢不肯撒手了，他泪流满面，不断呼唤马的名字，后来村人不得不将他与枣红马强行分开。人们劝说他：等老额吉的病好了，以后你还会再养马的。

老额吉的病好在不是恶疾，术后慢慢好转起来，待她知晓枣红马被卖掉的事情，好不懊恼，甚觉对不起孩子，有一段时间像得了魔怔，逢人便说，不该把巴桑的马卖掉，哪怕让她这把老骨头就这么去了……

入秋的一天，老人家拄着拐棍颤颤巍巍找到我家，问看到巴桑没有，巴桑失踪了。村人们以为巴桑这个孩子多愁善感，不免有些担心，大家分头去找，寻遍了远远近近的草地，却不见他的踪影。人们怀疑是不是布仁他们搞的鬼。布仁的父亲找到他那个到处惹祸的儿子，用了马鞭子让他说出巴桑的下落。布仁扭曲着脸说，这不是他干的，他根本不知道巴桑去哪儿了。挨了几马鞭之后，他还是矢口否认。

后来我提醒大人们:巴桑没准去寻找大海了。大海?人们惊诧着。他曾经和我说过,他最向往大海,他要去找父亲……可是整个内蒙草原都在内陆,哪里有什么大海。牧村人只把我的话当作小孩子的胡言,说什么也不肯相信。就在这时,与巴桑一起失踪的三条腿牧羊犬独自回来了,浑身邋遢,肮脏不堪,主人却生死不明。几个骑手跨上马背,让牧羊犬领路,发现巴桑是沿着村旁那条哈拉哈河一路行去的。

骑手们从罕达盖出发,直奔哈拉哈河下游而去,但河水在中段时流入蒙古国去了,直到额布都格附近才折返回来。几个男人从早到晚走了百余公里,来到河流的终点,那个叫作贝尔的浩大湖泊,芦苇摇曳,湖鸥在水面飞翔……人们在一处破烂的渔窝铺里找到了巴桑,他头敷毛巾浑身发烫,脸黑得像木炭一样。是这家打鱼人救起的他,当时他趴在湖岸边奄奄一息,打鱼人还以为那是一条搁浅在岸被晒干了的黑鱼呢。渔窝铺的主人后来跟牧村的骑手们说:这个小家伙别看残疾,可有毅力着呢,他就靠着双手一直走到这个湖边的。打鱼人发现晕倒的巴桑时,他的掌心和手中的石块已被血痂黏合在一起,分不开了。沿途虽然有河水解渴,可巴桑带的干粮和炒米很快吃光了,没有什么食物可吃,几天里,他只在浅滩里徒手捉到几条小鱼小虾,采一些可以食用的花果野菜,和牧羊犬一起充饥。秋日头顶炙热的太阳没有把他烤焦,铺天盖地的蚊虫也没把他吃掉,这对于一个十多岁的孩子而言,不能不说是个奇迹。

五

……晦气的事情接连不断。我和呼德尔从错路上返回，走了近一个小时，就要折回大石桥时，路面上毫无征兆地突显出一个大冰包，我躲闪不及，面包车猛地侧滑，直接扎到路基下面去了……我惊出一身冷汗，万幸车子没翻，呼德尔也无大碍，只是头撞到前挡风玻璃，擦破点皮……

天色阴沉，冷风呜呜咽咽。我下车查看车胎，呼德尔问：车子还能爬上去吗？我瞧了瞧路基的坡度，没有言语。事出蹊跷，已不是路途不顺了。重新发动汽车，加大马力，却总是在接近路面时卡顿在那里。我取了铁锹，去除了车轮前的障碍，还是没用。没辙，只好回到车内，等待拦截过路车救援。

因心里忐忑，我借机检查了下后面的冷冻箱，没有发现什么异样，回头问呼德尔：你相信人有灵魂吗？

当然，呼德尔肯定地说，按萨满的教义——万物有灵。

那么，巴桑也一定有灵魂……我们拉他回家，他应该是高兴的，不会为难我们，对不对？

是啊，没有谁比巴桑更善良了。呼德尔一副认真的表情。

我们两个上了车，呼德尔又接续前言——

那次，巴桑从湖边被骑手们带回来，没有人去问他出走的缘由，人们都心照不宣。而巴桑一直在高烧中昏睡，等他醒来，斯琴额吉老泪纵横，抱着他的头说：我的孩子，额吉知道你心疼枣红马，不成咱们把这两间土屋卖了，去把马儿换回来。

巴桑面容平静，用手指为老人擦去泪水，说：没有，额吉，我早忘记它了，我沿着河去，只想知道河是不是也通向大海……

我和阿丽玛去看望巴桑，他躺在床上，没有一点我们想象中的抑郁，相反，他黝黑的面孔似乎更为俊朗，眼睛像星星般晶亮。

阿丽玛见到巴桑忽然有了几分羞涩。为了安慰巴桑，阿丽玛和我与他说了很多的话，我们还谈到了理想。

我说，我长大了要当老师，站在讲台上，拿着一根粉笔在黑板上画来画去，然后随便叫起哪个学生，让他回答问题，多威风。

阿丽玛说，她要当一名医生，为所有的乡亲解除病痛。

轮到巴桑，他思量了一会儿，说：我要，我要走遍全世界。

这个想法让我和妹妹感到吃惊，一个没有腿的人要走遍全世界，无异于痴人说梦。可巴桑却一副斩钉截铁的样子，他说，他就要走遍全世界。

少年的时光无论多么苦涩也是欢乐的。特别是巴桑和阿丽玛朦朦胧胧、不可言说的爱情（如果这也算爱情的话），令我这个见证者至今回忆起来，也甚感美好。

十六岁那年暑假，我和巴桑都刚好初中毕业，我们俩彼此帮助，去草场收割秋草。那会儿还没有什么打草机，一切都得靠体力，那是牧业生产里最重的体力活儿。巴桑别看矮人一截，但他的臂力出众，挥舞起铡刀把我远远地甩在身后。那年因为雨水丰沛，留作秋季打草的草场一片榛莽，草深处接近腰际，那比麦地还要繁茂不知多少倍的草地，用“百花盛开”绝不夸张，那是怎样一片争奇斗艳的七色花海呢——铺天盖地的是粉色风毛菊、野火球、野麦花、红车轴草；摇曳如海的是枣红色的榆果；紫色的是石沙参、穗花，野苜蓿也使出浑身解数，盛开出繁星点点的小紫花来；密如繁星的还有小黄花北柴胡、小白花防风草和石头花；同样开出细碎白花的还有高过所有野草的“草中的骆驼”——叉分蓼（酸浆草）；而一枝独秀的野百合花，像花中的黄冠王后，傲然独立在万千花间；那些寂寞的车前子此时都不甘落后，纷纷抽出了绿色的长穗……那数不清的草种啊，那大野茫茫的草海、花海啊，无边无涯，一直连绵到天的尽头。巴桑和我挥一阵子铡刀就仰躺在厚厚的草毯上歇息一会儿，望着天空上的流云遐想联翩。下午太阳偏西的光景，阿丽玛骑着马儿从远处快速奔来，给我俩送来新熬的奶茶和大米肉粥，还有一口袋果子奶干，这都是她亲手做的，小我一岁的她已出落成亭亭玉立的大姑娘了。

见到阿丽玛，本来光着上身的巴桑赶忙穿上了衣服,乌黑的眼睛里满是那种少年才有的既单纯又热烈的光泽,那是因爱情而散发的渴望。那天下午的时光真是愉快极了，我们三个人吃得肚皮鼓鼓，在无遮无挡的太阳下边晒着秋阳。四野苍茫,堆满一捆捆的草,仿佛大地上散落的星盏。阿丽玛性格活泼,望着秋风瑟瑟的起伏跌宕的草原,禁不住唱起了歌：

老哈河水长又长,岸边的稻花起波浪

美丽的姑娘诺恩吉雅,出嫁到了遥远的地方

…………

那是一首忧伤的科尔沁民歌,不过因了年轻人在一起的欢愉和喜悦,我们并没有品觉出伤感。阿丽玛唱罢，巴桑背靠草垛也唱起了民歌《达娜巴拉》,然后是我唱……在草地长大的孩子,每个人的口袋里都装满了长调短歌。我们放弃了劳作,无意中给自己安排了一个轻松自在、无所事事的秋假,我们也不必给偷懒找什么理由,只是尽情地享用这份青春时光。歌子一首接着一首,你方唱罢我又唱,没有谦让,毫不停歇。直到夕阳西斜,直到落日沉沦,暮色清澈,长庚星在山冈上眨起眼睛……阿丽玛的歌声那么嘹亮、悠扬,像猎猎飞舞的缎子在晚风中飘荡,飘到远山,飘到天边,又折返回来,缠绕在我们的耳畔。有那么一瞬,巴桑无缘由地哭了,他的两只手因为握刀柄久了, 已粗糙僵硬得合拢不来,他就用这叉开着的十指捂着脸,泪水却从指缝里泉涌而出。那会儿,我知趣地离开了。夜幕中,阿丽玛拥住巴桑,两个人久久地依偎在一起……

六

暑假后巴桑却辍学了，斯琴额吉年老体衰，他作为男孩要挺立门户，而我要继续求学，去镇上的高中读书。等我再见到巴桑时已是一年之后，经过劳动锻炼的他仿佛一下子长成了大人，不仅脸庞更为硬朗，而且具有了健硕的上肢、宽阔的胸脯。也就是在那个时候，还在读初中的妹妹情窦初开，真正爱上了这个残疾的小伙子。这件事遭到了我家人的反对，原因明摆着。同时追求妹妹的还有村会计的儿子昂沁，其时，他的父亲已调到苏木（乡）任财务主管。

可想而知，昂沁的家境在我们牧村无人可比，连布仁都自愧不如。那时的昂沁穿着时髦，城里年轻人最流行的燕尾头，西服外套、老板裤，三接头铿光瓦亮的皮鞋，俨然一副富家公子哥的打扮。他进了我们镇上的重点中学，这使他骄傲得不可一世。在镇子上时间久了，昂沁难免学来一些流里流气的毛病，吸烟喝酒打架斗殴更不在话下。不过，镇子里那些招蜂引蝶的女孩他倒没看上一个，只想着法对阿丽玛献殷勤。为了讨好妹妹，他每周末回来必给她带些城里的新鲜玩意儿作为礼物，什么毛毛熊、明星画等等，可阿丽玛从来都不肯接受，先头还好言相劝，后来不得不言辞激烈地斥责他，让他不要再送这些东西，否则他将是不受欢迎的客人。

巴桑与昂沁有一次在我家里遇到一起，后者压根没瞧得起他的对手，无论哪一方面，昂沁都优越感十足，与巴桑不可同日而语。昂沁带着蔑视的眼神，由上至下吐了一口烟圈，直喷到巴桑的脸上，带有明显的侮辱和挑衅。

是重点中学教会的你吐这玩意儿吗？巴桑挥开烟雾。

原来你也在这儿，抱歉，我还真没瞧见你。他装出一副无辜的样子，抽出一根香烟递给巴桑：欸，没抽过这个吧，来一根，嗅嗅味道。

阿丽玛见状，拉起巴桑的手，冲着昂沁气恼地说：读重点中学的人不仅眼睛近视，而且都是高射炮眼睛，只会向上看。走吧，巴桑，咱们出去。

巴桑却脱开了阿丽玛的手：对不起，我是来找呼德尔的……

对于阿丽玛，巴桑是自卑的，自卑到从始至终不敢接受这份感情，甚至于否定他对阿丽玛的爱慕。他当时内心的痛苦该有多么的巨大，我们不可想象，有时，他宁愿阿丽玛答应昂沁，那样他就脱离了苦海，可他又那么鄙夷昂沁的品行，就像鄙夷一摊烂泥。

昂沁却来找巴桑了,他万万想不到阿丽玛能喜欢一个“残废”,这使他妒火中烧。两人约好在村旁的红柳茅子里见面。巴桑还以为昂沁要与他决斗,但是没有,昂沁只说了以下的话:你没有资格和我争阿丽玛,你能给阿丽玛什么?给她幸福吗?你连自己都照顾不了!阿丽玛还要上学,而现在你只是一个地道的牧民,你只能耽搁她的前程!

巴桑默默地听着他的话,这些话昂沁不说他也都在心里千百次地思量过,所以他不想反驳,只想让这条条皮鞭抽打自己,让自己头脑清醒。

昂沁自以为戳到了巴桑的痛处，语言更加恶毒:……再有,别崇拜你的阿爸了,他就是个酒鬼!整个牧村都知道他是怎么死的,他是因为喝醉了酒才被风雪冻死的，你也想像你阿爸那样做个酒鬼吗?

你胡说！

可以想见巴桑当时的震惊与愤怒，是的，作为他内心最后的骄傲和活下去的勇气，阿爸是不可亵渎更不可动摇的，那是他的守护神！彼时，他发了疯似的冲过去，用他健硕的臂膀拦腰将昂沁摔倒在地，随之是雨点般的拳头，要不是昂沁的呼救声引来了大人将他俩分开，昂沁肯定会被巴桑捶个半死……鼻青脸肿的昂沁一边哭泣，一边像个女人那样咒骂：好你个巴桑，你竟敢打我，咱们走着瞧……

巴桑怒气未消，挥拳追去，昂沁早已屁滚尿流地逃之夭夭了。

可无论如何，昂沁的那番话还是如箭中的，从此让巴桑彻底远离了阿丽玛，无论我妹妹怎样寻他，他只四处躲避，铁了心肠。伤心欲绝的阿丽玛独自乘马飞奔，泪水好似迎面的簌簌细雨。

就在那个秋天，与巴桑相依为命的斯琴老额吉去世了，只把那串磨得熠熠发光的菩提子佛珠留给了他。巴桑将老额吉埋在了夏营地的向阳坡上，再将事先挖下的草皮一点一点恢复原样，那是草地蒙古族人的丧葬方式，斯琴老额吉就了无痕迹地归于大地了。说来奇怪，斯琴老额吉去后，那两条蛇也相继不见了踪影，仿佛它俩只为陪伴这位菩萨般的老人，老人走了，它俩也无意驻留。

斯琴额吉去世后的几天，或许是为了消解内心的悲恸，巴桑又一次沿着哈拉哈河而去，不过这次他却是逆流而上，那里有我们小时候到过的山洞，那是他心中的大海所在。他没有带那条三腿牧羊犬，后者已老得迈不动步了。

当满身泥土的巴桑凭借记忆终于找到那片石塘林时，眼前的山洞已荡然无存，它变成了一片杂乱不堪的采石场，据说这里发现了玉石……巴桑雄狮一样蓬乱着头发，古铜色的身体泛着层层汗渍，他望着夕阳之下的这片乱石堆，感到自己受了莫大的欺骗，连长生天都在骗他。他发了疯似的驾着自制滑车在怪石塘里横冲直撞，直到遍体鳞伤，他冲着远方嘶吼，愤骂：达里你在哪儿？大海你在哪儿？妈的……

回到牧村的巴桑疲惫不堪，一蹶不振，正值叛逆年龄的他开始酗酒，每日喝得烂醉。一次，他酒后瘫在街头的烂泥里，瓢泼的大雨都淋不醒他。阿丽玛闻信跑来，却被巴桑使劲推搡开：你走！你走！

阿丽玛跌坐在地，雨水兜头，痛哭流涕：巴桑，没想到你会变成这样……

昂沁也没得逞，我的妹妹后来转学到了舅舅家所在的城市，离开了这个令她伤心的地方。

阿丽玛背着书包和行李坐大巴走的那天，巴桑托人给她捎来一张纸条，大意如下——

阿丽玛妹妹，原谅我吧，巴桑配不上你！知道吗，你是我心中最美的草原百合，很早就绽放了，在我心里开得满满的，有时都装不下了，压得我喘不了气，有时我都要疯掉了！可是我不能接受你，也不能和你说……你会找到真正的幸福，可那个人不该是我。原谅我吧，百合花会在我的心里一直开，开一辈子……

读过纸条，阿丽玛泪如泉涌。窗外秋雨蒙蒙，草原寂静而忧伤，仿佛在烘托一段少年懵懂爱情的结局。

就在阿丽玛走的那天，唯一陪伴巴桑的牧羊犬卧在荒草间再没醒来，巴桑把它埋在自家院子里，让它的头冲着黄泥土房，然后一个人向夏营地走去。在那里他住了好长一段时间，据见到他的人说，他天天对着草原和落日发呆，跟谁都不说一句话。

要不是一个马戏团路过我们村落，巴桑的命运或许会和他父亲一样，最终只能死在酒上。那个夏日，两辆大卡车尘土飞扬地来到了村外的草地，一班花花绿绿的异乡人从卡车上卸下好多大铁笼，里边装着老虎、蟒蛇、黑熊、猴子、鹦鹉，还有几匹高头大马。草地上破天荒地搭起偌大的帐篷，几十里地的牧村人都闻信赶来，异乡人守着门和长廊贩卖门票以及各种稀奇古怪的东西。巴桑的门票是我给买的，他一边提着酒瓶子，一边毫无顾忌地滑到人群最前面，与一群少年追捧着小丑，好像他也是个不知廉耻的孩子。几个少年捉弄他，他划着破烂平板车追撵他们，冲他们高声叫嚷。

……轮到那几匹白马上场，表演马术的人在两匹马之间跳来跳去，可他的骑技着实不怎么样，两匹马相错稍远，他像蛤蟆那样纵身一跃，一口啃到了马屁股上，受惊的马尥了两个蹶子，把他掀下了马背。牧民们开始嘀咕：这把式还不抵巴桑呢！是啊，巴桑可比他强着呢。于是，人们异口同声地呼喊起来：巴桑！巴桑……此时，人群前面的巴桑正提着酒瓶醉眼蒙眬呢。

马戏刚结束，那位穿西装的大腹便便的经理向巴桑走过来。观众大多散去，巴桑应邀走上舞台，几匹马被重新赶出来，巴桑把酒瓶子丢在一旁，拽着马尾巴上了马背……

对巴桑的骑术毋庸多虑，仅仅几个动作，大肚子经理已惊叹不已，等巴桑一下马，他便急不可耐了。巴桑那会儿还未醒酒，对这个陌生人的提问——譬如是否愿意加入他的团队，可不可以接受训练，按马戏团的要求做表演等等，他仿佛没有听懂，眼睛直愣愣如置梦中。后来是这些乡亲替他做了主，拿起他的手指在两张合同纸上按了手印。巴桑就这样决定跟马戏团走了，消息轰动了整个牧村。

那天晚上，布仁来找我，从车上卸下来一个崭新的轮椅，对我说：帮我把这个给巴桑吧，以你的名义……我接过这个亮闪闪的铁东西，布仁猛吸几口烟卷：说我送的他会拒绝，明白吗？我领会了，冲他点点头。让巴桑体面地走吧，我亏欠他的不止一个轮椅……布仁说。

七

我在路上拦截到一台越野车，终于将面包车拉出了泥沼。此时天色渐晚，这一天的行程还没走出三百公里，我心下焦急，加紧赶路。过了大石桥已是黄昏，异乡的旷野却有种说不出的阴森，令人惴惴不安……

一辆屁股冒着黑烟的大货车挡在了前面，车速缓慢，而这条乡村公路只够一辆车通过，无法错车。我不得不耐住性子，嗅着它放出的“臭屁”跟在后边。眼见着大货车钻进前方的桥洞，竟在一团浓烟中戛然而止了，正正好好把洞口堵个严实。司机慌忙跳下车来，抱歉地告诉我们，发动机抱瓦了……

我对呼德尔做了个无可奈何的表情：真是见

鬼！呼德尔摇了摇头。这回无路可走了，只能后退到镇郊。此时天色已黑，我俩不得不找个旅店住下。呼德尔安慰我：事已至此，不如哥俩喝两盅去。

我心烦意乱，也想喝点什么。一路上的聊天，让两个萍水相逢的人拉近了距离。我们找了家小馆子坐下，不一会儿便有了酒意。呼德尔重拾话题：

……巴桑走之后，整个牧村里，他唯独和我联系。不久，我接到了他的来信，里边附着他在马背上的演出照片。巴桑虽然只读到中学，却很有文采，字迹也不潦草。因为是他第一次写给我的信，所以我记得清清楚楚：

呼德尔：

我的好朋友，见字如面。我来马戏团一切都好，现在我开始驾驭四匹马了，人们都叫我铁臂人巴桑。我们去周游各地，甚至还去了朝鲜，见到了很多过去没有见过的人和事。我已戒酒，每天和喜爱的马在一起，我很快乐。感谢你送给我的轮椅，它真漂亮，我从此不再矮人一截。在你收到这封信时，我们又要去南方演出了，所以不要给我回信，有空闲我会写给你的。

想念你的巴桑

1996年某日

那张照片被整个牧村传了个遍。

我没记错的话，有三四年的时间，铁臂人巴桑一直待在那个马戏团里，那时，他很频繁地给我写信，都是介绍他在全国各地的所见所闻。每次来信，我都读给关心他的人们。可后来有一年多的时间，巴桑不再来信了，这让我好生奇怪。他的信件已成为我生活的一部分……很久以后巴桑才告诉我，那

是因为他已辞去了马戏团的工作，

原因出自一匹叫作班克的老马，这匹马在马戏团服役了差不多十年，腿脚大不如前。那次他们在河北某地演出，巴桑驾马表演，在跳跃障碍时，班克犯了错误，前腿没有跨过路障，一个前倾被绊倒在地，折了一条前肢。

兽医查看了班克的伤势，对大肚子经理摇了摇头，意思是这匹马不顶用了。经理瞅了瞅巴桑的脸色，爱马如命的巴桑追上兽医，哀求：王兽医，这匹马没问题的，求你帮帮忙，把它的腿骨接上。王兽医低头瞥他一眼，一口河北腔：啥？你这是啥话来？我要是能接上还犯得上求？巴桑还想说些什么，兽医已被大肚子经理扶着肩膀走出了马厩。

马戏团这几匹马是巴桑对故乡和少年的感情寄托，更能唤起他对枣红马的记忆。为照顾受伤的班克，那一晚巴桑几乎没有合眼，他亲自为它消毒伤口,买来绑带缠裹骨折之处,喂它平时最爱吃的饲料,一遍又一遍地给它刮刷毛皮,尽可能地给班克以安慰。自从巴桑来到这个马戏团,这几匹马就成了他朝夕相处的伙伴,最忠诚的搭档。他与马儿情同手足,自己舍不得吃的都喂给马儿吃,照顾它们比照顾自己还要仔细, 所以马儿就对他俯首帖耳,与他亲密无间。这在舞台上表演时就能看得出来,他和它们配合得是那么和谐流畅、天衣无缝。巴桑的马戏每次都是整个节目里最高潮的部分,每次都会赢得最多的掌声。可如今,班克要掉队了,如战友般的伙伴,巴桑哪里舍得。

临到清晨,巴桑小睡了一会儿,没等第一缕阳光探进窗子,他就一骨碌爬起来,赶忙提了清水去饮班克。等他来到马厩,却不见了班克的踪影,他四处寻找,大声吆喝,打扫圈舍的老师傅停下扫帚,和他说:你是在找班克吧?一早上就被带走啦,经理让人带到马市上去了。巴桑闻言大惊，忙不迭地跨马追去。

后来巴桑在信中对自己大加责备，早不睡晚不睡，悔不该就那个时辰睡了觉……那个大肚子经理怕卖掉班克使巴桑难过，因而特意背着他，隐瞒他，这个“好意”连佛祖都不能原谅。等到巴桑来到马市为时已晚，班克已变成了一堆马肉，一堆头蹄下水……

我能想象到巴桑当时的悲痛，他蹲坐在街头大哭失声，差点呕吐出肠胃……巴桑后来从马贩子那里花大价钱买下了班克的马皮，马贩子看出他对这匹马有感情，便敲了他的竹杠，巴桑连价都没还。那带着班克气息和鲜血的马皮，被他一直带在身边，无论走到哪里……

巴桑就此离开了马戏团，任凭大肚子经理怎么挽留，他头也不回地走了。

那是一个秋日，巴桑的信件又来了，我迫不及待地打开信封，里面掉出一沓照片：巴桑站在巨大的远洋捕鱼船上，正置身大海之中。

呼德尔：

你读这封信的时候，我已经乘坐远洋捕鱼船去往太平洋捕鱼了。你一定会很惊讶，我何以做这个选择，那是因为我心中一直有一片大海。还记得小时候，我俩一起去山洞里听海的涛声吗……我在马戏团赚了些钱，找了一所海洋学校，现在已实习期满，我拿到了海员证……祝贺我吧，呼德尔，我就要出发了，未来七个月时间，我会一直在这艘大船上……

你不知道读这封信时我有多么激动，巴桑的梦想实现了,他终于看到真正的大海了……我举着信札向牧村奔跑,想让每一个人知道:一个牧村长大的没有双脚的孩子,他的足迹能走多远……

八

说到这儿的时候，呼德尔热泪盈眶了……作为听众，我也为巴桑所感动。两个人一时无语。不知怎的，我忽然觉得巴桑对我不再是个陌生人，好像是我的老相识，我对他已肃然起敬。

那次远航作业，他们是去捕钓鱿鱼，光行程就需要五十多天，穿越整个南太平洋，最后到达秘鲁、智利和阿根廷的公海。后来巴桑的信总要间隔三两个月才来，那一般都是他来到了岸上。那些信件穿起了他在海上的生活，我这才知道，其实巴桑远洋捕鱼并没有我们想象的那么光鲜，包括他应聘这份工作都很不容易。因为没有双腿，很多渔船公司都把他拒之门外，后来就是那位山东籍船长慧眼识珠，发现了巴桑满是硬茧的双手，和超于常人的强壮的臂膀。大个子船长开的是一艘秋刀鱼捕捞兼鱿鱼钓船，最主要的作业就是放网和收网、投钩和收钩，渔船上除了甲板和冷冻舱的方寸之地，需要双脚的时候不多。巴桑这才有幸踏上渔轮。

第一次出海，渔船离开陆地向大海驶去时，巴桑的心情可想而知。随着海水越来越深邃、幽蓝，船身也随着海浪一刻不停地起伏，巴桑没想到自己会晕船晕得那么厉害，他呕吐不止，头痛欲裂，接连吐了两天，把胆汁都吐出来了。六月天气已十分炎热，在海上，明晃晃的太阳直射在无遮无挡的渔船上，加之噪声轰鸣的柴油发动机连续运转，整个船舱热气蒸腾，简直能把人烤熟。巴桑虽然初次下海，不过他很快就融入这大海的颠簸了。他在信中说：还记得你说过的在马背上的感觉吗？你说骑马就像在大海里行舟……现在我真实体会到这种感觉了。

船员住宿舱狭窄而潮湿。住在巴桑对铺的是个精瘦的南方汉子，他可真是只老海鹰了，在渔船上蹲了二十几年，被海风吹成了肉干的黑红色，整天龟缩着脖子，驼着背，沉默寡言，一双鹰眼却滴溜溜地转。人们管他叫“大黑牙”，源于他的一口黑不溜秋的牙齿，它们都像炭棒那样支着，而且站立不稳四下晃动，缝隙大得可以塞进一条小鱼，令他吃什么都不香甜。老单身汉带着一堆色情片，一得闲就窝在被子里瞧录像，哎哎呀呀的叫声让巴桑好不烦恼。看到兴起，他便满脸窃笑用手势招呼其他船员一起看，大家都伸着脖子凑过去，巴桑索性用衣服蒙住头脸。

别的船员上船是为了谋生，巴桑却是因为热爱大海。他适应着渔船上的一切，包括漫长航线上的无聊和寂寞。而他也确是一名体力超凡、精力充沛的船员，能胜任渔船上的所有工种。

长期繁重的体力劳动过后，他们会获得短暂的假期，那是渔船在沿海港口修整或补给期间。那些寂寞过久的老船员会带着巴桑到岸上，教他怎样在各种肤色的女人身上花掉美元，可巴桑对此似乎没有一点兴趣，相反他总是游荡于街头巷尾，把他的钱大把大把地撒给那些身有残疾的乞讨者，和他们连比画带英语地说上一阵儿，为此，他还一知半解地学会了很多国家的语言。为什么只施舍给残障人？原因不言自明。

近七个月的钓猎鱿鱼过后，巴桑又会去往北太平洋上捕捞秋刀鱼。就这样循环往复……

还是说说四年前春季那次去白令海峡吧。那次，他们的渔船穿过日本海，航行至海参崴时，船上的制冷压缩机坏了，不得不耽搁几天，就近停靠港口修理。正是这个偶然的时机，让巴桑邂逅了那个来自图瓦的女孩——杉蔻。当时她正在街头售卖楚吾尔(乐器)和口弦琴。

后来,巴桑在给我的信中说:知道我第一次见到那个女孩的感觉吗?我的心就像被秋刀鱼咬到了那样疼。她用楚吾尔吹出各种奇妙的音乐,里边有马嘶、鹿鸣、鸟叫,甚至还有大海的声音。而且她还会弹拨口弦琴……杉蔻会说蒙古族语和俄语,也会点中国话。我求她帮我挑一只楚吾尔,让她教我吹奏……

我能读出巴桑那次出海的愉悦心情,连信中的大海都变得"清澈见底,无限碧蓝,成群的鱼儿在海中来往巡游,海狗在海面窜来窜去……"

那次捕鱼,巴桑意外地在渔网里拾到了一颗浅蓝色的、有小拇指指甲大小的珍珠,它掩藏在一只褶纹冠蚌里面,船工们都说他发财了。巴桑把它捧在手心里,却另有打算……等两个月后返航时,巴桑找到船长,请求渔船途经海参崴时歇一歇。船长明了其意,哈哈大笑着拍了拍巴桑的肩膀。

歇脚的那天,该是巴桑一生中最快乐的一天……

你见过那个女孩的照片吗?我举起酒杯和呼德尔共饮。

他俩一开始相恋,巴桑就给我寄过杉蔻的生活照:乌红色的高高的颧骨,细长的眼睛,其中一只被柔顺的长发遮住,鼻梁上长着雀斑,不过她笑起来的样子真好看,牙齿整整齐齐,雪白如玉,纯净的眼神像三个月大的小鹿一般……

巴桑在信中说:看她的照片,你肯定觉得眼熟,她不知哪儿长得很像阿丽玛……说实话,这一点我早看出来了,她俩不知哪儿有点神似。巴桑很少提杉蔻的身世,所以我对她所知甚少,只晓得她的年龄大概比巴桑小十几岁。如此而已。

后来，巴桑说他每当休假都会去往海参崴，在那里和图瓦女孩厮守一阵儿，直到签证结束。在远东的海滨港口，白天，两人一起去街头摆摊卖乐器，夜晚，巴桑躺在杉蔻的怀里，就像小时候躺在斯琴老额吉的怀里。巴桑说，杉蔻身上有种熟悉的无法言说的味道，那应该是他未曾谋面的母亲的味道。

还有更重要的事儿要说呢，接下来的几年里，杉蔻几乎一年给他生一个孩子，五年下来竟然生下了五个……

嚯，好家伙！我感叹道。

是啊，没想到巴桑枪法这么棒，弹无虚发，简直百发百中啊。呼德尔咧嘴乐一乐，露出雪白的牙齿。

他没想留在俄罗斯吗？我问。

嗯，他肯定想过，呼德尔说，只要杉蔻答应嫁给他，他就可以获得俄罗斯的永久居留权……可是，为了养活这一堆孩子，巴桑只能拼命工作，他恨不得天天待在海上。

所以巴桑只能来了又走，两个人只能聚了又散。不过，一个浪荡子终于有了牵挂，就像一只四处飘荡的风筝，终于有了一根线作为牵扯。巴桑信中和我说：我爱他们，他们就是我的一切，我要赚更多的钱，让他们像公主和王子一样幸福……

是的，巴桑这几年出海更加频繁而漫长，把赚来的钱都汇给杉蔻。而他再寄给我的信中总是在不厌其烦地描述他休假时与杉蔻和孩子们相聚的情形，通过他的信件，我能想象到那种幸福时刻：杉蔻家灰色屋顶的木刻棱前，高大的秋千上，街巷里，鸽群中，大海边，到处是他们一大家子浪漫而温馨的嬉戏画面……特别是他最小的儿子，刚刚蹒跚学步，巴桑给他起了一个雄伟的名字，叫作扎那，是大象的意思，他把扎那举过头顶，置于七彩的光环中，那种开怀大笑的样子，令人为之欣喜，为之感动……这些都是我能想象到的，不过令我奇怪的是，巴桑从没有寄给过我他们的全家福，这一点不像他的性格，我写信提醒过他，却总是被他忘记。

九

那次，巴桑在海上出事，差点把他和杉蔻的幸福葬送了……

他们的渔船从西太平洋向南行进，路过菲律宾的达沃港，渔船修整的间隙，巴桑干了一件蠢事，他把一个七八岁的乞讨男童带到了船上。没人知道他是怎么避开大家的眼睛的。那是个天生的畸形儿，皮包骨头，只会爬行，可这会儿连爬行的气力都没有了，浑身滚烫，病得要死。巴桑把他像病猫一样藏起来，直到渔船离港。纸包不住火，率先发现男童的是船工宿舍里的人，他被裹卷在巴桑的被子里，露出两只臭球般惨白的眼睛，干裂的嘴巴里仿佛只剩下了一口气。船工“大黑牙”那会儿扭动着脖子，发现怪物一样嘎叫了一声。

事情败露了，高个子船长叫走了巴桑，表情严肃地问他，到底是怎么回事。巴桑沉默了半天，说了一句话：我看他要活不成了，所以想救救他。胡闹！你这么做是帮他偷渡，是犯法的！船长在甲板上来回踱步，捏着下巴想了许久，对巴桑说：你给我出了个大难题，我总不能让人把他丢进大海里去！眼下只有一个方法，你让所有的船员帮你保密，我答应你在自己的床铺上养他，等返程回来，你想办法把他再送回去！

船长算网开一面。巴桑悉心地照顾着男童，给他喂淡水，敷退热的湿毛巾，擦洗身子，并找来各种退烧的药片，日夜守护在男童的身旁。直到第三天早上，男童睁开的眼睛里有了光亮，用蚊子那么大的声音告诉巴桑，他的名字叫奥古斯汀。

四十余天后，渔船终于返航至科罗尔，站在船舷上就可以望到菲律宾黛青色的马德雷山脉了。男童体力恢复了，被巴桑喂养得像条黑泥鳅，整天在床铺上爬上爬下。巴桑教给他蒙古族语，让他管自己叫阿爸，向人问好时说：善拜喏。那天傍晚一切如常，巴桑和船工一同在渔舱里作业，忽然，他似乎听到了什么声音，转头环顾工友，唯独不见了“大黑牙”。不知怎的，一种不祥的预感让他放下手里的活计，疾身奔向底舱。男童的呼喊声隐约如厉浪，床铺前，“大黑牙”正将他骑在胯下，用毛巾捂住他的嘴巴，而这个老淫棍晃动着黑光光的屁股……巴桑如同一头巨鲸那样冲撞过去，随后暴风骤雨般的拳头倾泻而下……

船长设法把男童送回到了达沃港的岸上。“大黑牙”的十几颗立棍似的牙齿只剩下右侧的两颗，鼻骨骨折，另外还断了两根肋条。他信誓旦旦要告发巴桑。结果渔船一进达沃湾，巴桑就被菲律宾海事局和一群警察带走了。

巴桑涉嫌绑架儿童，“大黑牙” 还反咬一口，诬告他猥亵奥古斯汀。如果罪名成立，巴桑将面临在菲律宾终身监禁。船长和船员们无不为巴桑叫冤。奥古斯汀因为未满法定年龄，他的证言警察局不予采信。船长找到“大黑牙”，要他摆正良心，“大黑牙”鼻梁上绷着纱布，像极了小丑，他张大空洞洞的嘴巴，敲着他蜡黄的牙床，说：我的牙齿呢？ 他把我吃饭的家什打掉了！ 瞧着吧，让巴桑把我的牙齿找回来安上，再把下半辈子的养老钱准备好，对了，还要当着所有船员的面给我赔礼道歉，为我恢复名誉，我就看在船长的面子上，饶他一回。

大个子船长听了，说：你到我身边来下，我有话和你说。

“大黑牙”凑到船长跟前，船长挥拳过去，“大黑牙”仅存的两颗牙也飞了出去。

那次多亏了大个子船长，他四处托关系，为巴桑找到了一位华人律师，加上所有船员为巴桑做证。警局没有足够的证据证明巴桑携走奥古斯汀是为了绑拐，涉嫌猥亵因为发生在中国渔船上，要由中方警局侦办，巴桑这才得以跟随渔船回国。整个案件，由于新闻媒体的介入，引起当地公众的关注。更多市民了解了案情，相信巴桑，站在巴桑一边。达沃市市长亲自到医院探望奥古斯汀，并在电视上发表演讲，要求慈善机构关注残障儿童的健康，并请孤儿院妥善安置奥古斯汀。

巴桑他们的渔船从港口起航的一刻，出人意料的，码头上不知什么时候围聚来许多市民，手捧鲜花，为渔船送行。一位白发苍苍的华裔老人向渔船喊着：巴桑先生好人！中国人好人！

“大黑牙”没有得逞，所有船员都鄙夷其所作所为，无人理睬他，避之唯恐不及。自讨无趣的“大黑牙”整天缩在床铺上，借骨折之名再不下地，要求船长指派船员轮流伺候他，每天哼哼唧唧，满肚子委屈。

巴桑最后以轻伤害罪，被中国法庭判处六个月监禁。“大黑牙”则由于被侵害人无法出庭做证而逍遥法外。他后来拿到了巴桑赔偿的钱，用其中的一小部分镶了一口金牙，再和别人说话时，就努力张大嘴巴，故意给人看他嘴里的金光闪闪。

法庭宣判那一刻，巴桑反应强烈，泪流满面，反复呼喊杉蔻和孩子们的名字。船友们知道，那是他在担心妻儿们，没有他的供给，一个母亲很难抚养那么多孩子的。

主审法官同情巴桑，庭下找到大个子船长，语重心长地建议渔船公司，等巴桑出狱与他续签劳动合同。船长说自己正有此意，不仅如此，他还要在巴桑服刑期间预支一部分薪水作为其妻儿的抚养费。

巴桑是我们的老船员了，我们要帮他渡过难关。船长说。

十

呼德尔已有了七分醉意：记得我说过的话吗，有时需要山上的云雾散去，才能看清山顶……

大个子船长信守诺言。六个月后，巴桑出狱，又回到了渔船。巴桑想念杉蔻心切啊，他找到大个子船长，要去白令海峡捕鱼。可渔船刚刚才钓鱿鱼归来。船长当然知道巴桑的心思，权衡再三，终被他打动。这次，大个子船长干脆让巴桑担任渔船的轮机长，此前，巴桑已做过大副和大管轮。渔船就这样起航出发了……

临行前，巴桑就把这个消息写信告诉了杉蔻，并约定了见面的日期。那天上午，海参崴秋高气爽，港口安谧，大海风平浪静，阳光和暖又柔软，像徐徐落下的金色绸缎，铺洒在蔚蓝的海面。巴桑的渔船如约而至，他在甲板上远远地望到岸上的杉蔻，她一只手抱着儿子扎那，身边围绕着大大小小的孩子们，他们身着盛装，手捧鲜花，早已等候在那里，此时正向中国渔船挥手致意……那会儿，巴桑要有双腿肯定会蹦起来，他大声呼喊着他们的名字。船长微笑着看着这一切，向巴桑竖了竖拇指……

船一靠岸，巴桑就滑动轮椅冲向了杉蔻，轮椅前后左右系着的大包小裹都是他给他们精心挑选的礼物，那时，你若看到巴桑的样子，会以为是一辆运货车正无人驾驶……

呼德尔说到这儿，停顿了一下，又点燃了一根烟，才继续他的讲述。等大个子船长看清那些孩子，惊讶得嘴巴都合不拢了，那是些怎样的孩子，简直让人不敢相信！他们有的没胳膊，有的没腿，有的眼盲，有的脑瘫……

我惊讶得差点把一口酒吐到碗里，瞪大眼睛瞅着呼德尔。

是的，没错，那都是些残障孩子，他们不都是巴桑和杉蔻所生，或者是从孤儿院领养的，或者是街头的弃儿……

这就是巴桑所说的——他的孩子们！你能想象得到吗？呼德尔说。

我摇了摇头，表示不可思议。

他俩情投意合，立下心愿，要救济抚养残障儿童。这就是巴桑做的，他拼命赚钱，杉蔻舍弃了一切，只为了这份本不该他们做的公益事业。

其实，在收养这些孩子之前，巴桑就已经开始他的义举了，大个子船长给我看了巴桑留下的一个日记本，那里面记着他多年以前的开支，那时，他就把所有赚到的钱，通过一个慈善机构，都汇给了负伤的老兵。这个有夹在日记本里的汇款凭据为证。

大个子船长和我探讨了巴桑做这些事情的动因。他还回忆起，有一次，他们的渔船在南澳大利亚领海遇到一艘日本捕鲨船，一条条深海刺鲨被捕钓上来，活生生地被割去鲨鱼翅，再抛入大海。鲨鱼因为没有了双臂，只能垂直沉入海底，在海面留下一大片一大片殷红的血浪……

他们船的船员都挤在甲板上看热闹，“大黑牙”更是目不转睛，嘴角露着坏笑。就在这时，人群里传来一声嘶喊，准确地说是一种惨叫，令人毛骨悚然的惨叫，声嘶力竭，把所有人都吓了一跳。声音是巴桑发出来的，他那一刻简直是疯掉了，浑身战栗，痉挛一处，用双手捂住眼睛，那种声音绝对不是人类能发出来的：暴勒嚯——暴勒嚯——暴勒嚯……

暴勒嚯是什么意思？船长问我，我告诉他是不要！

船长的话把我拉回到遥远的过去，让我想起那个童年时被炮弹炸飞的巴桑。他当时没有昏厥，他眼睁睁看到自己下肢全无，而他的同伴成为七零八落的肉酱、残肢，甚至草丛里还沾着一摊白花花的脑子。他疯了，发出的就是这样的呼喊，暴勒嚯——暴勒嚯——不停地喊，直到大人们把他包扎起来送到镇上的医院，他也停歇不下来，谁也阻止不了他……那呼喊声甚至很长一段时间都回荡在我们牧村，那是巴桑从每晚的睡梦中发出的，每次都把整个村庄的人喊醒……

船长说那次巴桑好几天都无法工作，蹲在甲板上脸色苍白，止不住地发抖，痛苦的吁喘让他的胸脯像激荡的海浪。

为了一对久别重逢的人儿，大个子船长决定在海参崴多停留一个晚上。巴桑接过杉蔻怀里的男婴，那该就是叫作扎那的小儿子，巴桑用胡子扎他的脸蛋，张开大嘴轻咬他。回过头来，巴桑热情地邀请船长到自己家里做客，船长二话没说，欣然应允。巴桑又和其他孩子左拥右抱，小家伙们又蹦又跳，兴高采烈。这时，船长无意间注意到杉蔻身上的几个细节，她右边的衣袖里空空荡荡，而年轻的脸上，一只眼睛里面仿佛没有瞳孔。

城郊一处破落的木板房就是巴桑和杉蔻的家了。没有高大的秋千，也没有鸽群，院子里是一群肮脏不堪的流浪狗，见到陌生人便围过来吠叫，杉蔻向它们温柔地说了些什么，它们仿佛听懂了，热热闹闹地与几个孩子嬉戏去了。

屋子里光线祥和，把一种绒绒的温暖镀在俄罗斯式的简单陈设上。房间更多的空间则被玩具占据，那些玩具陈旧得褪了颜色，有的打了补丁，却都干净得像孩子们的衣着。白灰涂抹的一尘不染的墙面，偶有孩子们的涂鸦，墙角上方供奉的是圣母玛利亚的画像。令船长奇怪的是，神龛上竟然有一串佛珠。

船长和呼德尔说到这儿时，后者打断他，问：那是不是一串菩提子，摩挲得闪闪发亮的菩提子？

船长点点头。

没错，那该是斯琴老额吉的佛珠。呼德尔说。

杉蔻用图瓦的鹿奶茶招待客人。船长刚端起杯子，几个趔趔趄趄的孩子便闯进来，屋子里立马天下大乱，所有的整洁一去不返了。巴桑扯大嗓门儿吆喝这个，驱赶那个，也无济于事。看着这一切，杉蔻像个孩子那样咯咯咯乐得前仰后合，随后她注意到打扰了客人，向船长抱以歉意的微笑。

那天晚上，大个子船长破例喝了酒，与巴桑两个人推杯换盏。他为这样一个特殊组合的家庭而感动。与呼德尔说这些的时候，船长眼里不时涌动着晶莹的泪花。杉蔻一直忙着看管几个孩子。最大的女儿十岁左右，已经能帮助母亲了，她是个脑瘫儿，走起路来左摇右摆，却异常懂事，尽力地看护弟弟妹妹。就这样还“事故”频出，一会儿这边打翻了一碗苏伯汤，一会儿那边又抓伤了谁的脸。杉蔻并不懊恼，乐此不疲地忙来忙去，抽空还要过来喝上一杯酒。

船长问巴桑，为什么要这么做？

巴桑被伏特加酒烧红了脸，他低下头想了下，与船长说：这没有什么，我喜欢这些孩子，别看他们外表残缺，可他们的心和正常孩子一样，斯琴额吉说过，每个孩子的心都是一颗天上的星星……

那天晚上，满天都是豆大的星星，大个子船长说他这辈子没见过天上有那么多星星，全都挤压在杉蔻家的屋顶上，好像要将这个简陋的木板房压扁似的。

船长和巴桑都喝多了酒，最后像兄弟那样搂着彼此的脖子。巴桑会的蒙古族歌可真多，什么《达娜巴拉》《黑缎子坎肩》，唱了一首又一首。歌声像炉膛里的火，将整个夜晚都照亮了。说来奇怪，巴桑唱歌时，几个打闹不休的孩子都安静下来了，像一群立耳侦听的土拨鼠那样，围住巴桑阿爸，包括那个五六岁的聋哑女儿，也认认真真地望着巴桑翕动的嘴巴，自己的小嘴随之一张一合。

巴桑终于唱累了，唤过杉蔻来，然后拍着船长的肩膀说：您不知道，杉蔻还会唱蒙古族歌呢，是我教给她的。杉蔻，你给船长唱一首《诺恩吉雅》吧……

《诺恩吉雅》？呼德尔问。

对，没错，是《诺恩吉雅》！船长说，我还记得两句歌词呢——

老哈河水长又长，岸边的稻花起波浪。

美丽的姑娘诺恩吉雅，出嫁到了遥远的地方。

…………

呼德尔点点头，长出了一口气。

船长反问道：怎么了？

哦，那是我妹妹阿丽玛唱过的歌……

停顿片刻，呼德尔又问：这几个孩子没有一个是巴桑和杉蔻的吗？

你不知道吗？巴桑失去双腿的时候，也失去了生育能力。船长说，那次在达沃市，为了“奥古斯汀”案件，菲律宾警察验明过他的“正身”，才排除了“大黑牙”的诬告。

讲到这儿，呼德尔的泪水夺眶而出……

十一

这天晚上，大个子船长与巴桑一起，在杉蔻家留宿了，他们和孩子们挨在一起，相互搭肩载腿的。这是船长主动要求留下来的，他要感受一下和星星挤在一起的感觉。巴桑更是睡得四仰八叉，鼾声如雷，仿佛他从来没睡过觉一样。直到第二天天光乍亮，船长被不停喧响的闹钟唤醒。

渔船要黎明起航，差点耽搁了航程。两人爬起来，胡乱穿了衣服，巴桑一一亲吻了睡梦中的妻儿，轻轻关上房门，一高一矮的两个男人迎着曙光向港口赶去。

那次航行一切如常，巴桑一直沉浸在与亲人久别重逢后的喜悦中。第一次当上轮机长的他尽职尽责，满心都在想着报答渔船公司和大个子船长。

半个月后他们的渔船到达了阿留申群岛北部，在那里他们遇到了台风。

一切都不稀奇，在北太平洋上，无风三尺浪，一旦有风，更会白浪滔天。渔民们都以三米、四米、五米浪来形容浪高，高浪达到十二米毫不新鲜。每天，所有渔船最关注的就是天气预报，如有大风，渔船必须就近躲到避风港。那次捕捞秋刀鱼的渔船特别多，不仅有中国的，还有俄罗斯、日本和韩国的各式渔船。为争抢资源，他们按先后顺序划分了自己的海域……

那天一早，气象预报有三米浪，按海上规则，所有的渔船都不能出海。大个子船长也要将船停去港口，巴桑却要冒一把险，这是一个机会，意味着大海上只会有他们这一艘渔船，收获可想而知。他要的是尽快完成捕捞任务，赚到更多的钱。

如果单是这三米浪，大个子船长和轮机长巴桑是可以对付的。他们的渔船在白浪翻腾中驶入目标海域，大海灰暗，一整天不见太阳。在夜幕降临前，巴桑他们已经探测到了庞大的刀鱼群，渔船缓慢行驶，待天色一黑，便稳稳停下，打开遍布船身的灯光，吸引鱼群自投罗网。此时，鱼群已被诱集到捕捞区，右舷集鱼灯开始熄灭，左侧依次亮起。

有那么一刻，大海像折腾累了似的，风浪稍静，仿佛一头猛兽蹲坐下来小憩。巴桑和船员们抓紧这个时机，大家一字排开，站在船舷的左侧，即将启动收网工序。所有白炽灯通通关闭后，围绕着渔船的海面呈现着一片红宝石般的光亮，而它的四周却是漆黑如深渊一般，只能听到海水的喘息。就在这时，毫无征兆地，大海猛然间躁动了，风向是一瞬间转变的，海面变成了万匹脱缰的野马，恶魔般的大浪好似一座座摩天大厦，向渔船倾塌而下……不仅如此，脚下也在隆隆开裂，无止境地下陷，再猛地掀翻，把渔船送到眩晕的高处，再跌落、跌落，紧接着又一座大厦崩塌，碎石乱飞，落在船员的头顶，漫卷着船上的一切……在结满冰的甲板上，船员被刺骨的海浪推过去再搡回来……

此时，只有巴桑是镇定的，与其他船员相比，没有双腿的他因阻力小而“站”得更牢，并且他面对着惊涛骇浪竟没有一点惧色。现在他必须迅速用卷场机收绞起网，鱼群遇到来自海底的鼓荡正在四处逃窜，他先收环纲，再提绞下缘纲，这样，刀鱼就被牢牢困在网中，再把网身整个吊起，固定在船舷上。渔船共有六台绞车，本来是十几个人干的活儿，此时只剩下了一半船员在坚守岗位……

渔船摇晃如过山车，恶浪劈头盖脸，疯狂地卷向甲板，像无数只巨手抽打着巴桑。来吧！达里！他冲着巨浪狂喊着，来吧！快来吧！他反复喊着这句，声音和嘴巴不断被海水灌堵,他吐掉腥咸的海水又去嘶吼:来吧,达里!对,就这样,真他妈痛快……

渔网终于被吊起来,却有些异样,一股说不出的力量使渔网左冲右突,似有烈马在挣脱着缰绳。嚯,等网提出水面,大家才看清是一条大个的深海鲨鱼,正随同刀鱼群卷在其中拼命挣扎。几个船工兴奋起来,呼喊着:大鲨鱼!大鲨鱼!快快收网!

暴勒嚯!暴勒嚯……大个子船长隐约听到了这个熟悉的呼喊声,那一定来自巴桑……瞬息,那呼喊声就被风浪吞没了,波涛更加凶猛,铺天盖地而来,几个船工连滚带爬,纷纷撤回底舱。巴桑却迎着巨浪而上,他要设法将鲨鱼放归大海……借着船体摇摇荡荡的灯光,所有的船员都看到了这一幕,有人在呼唤他,要他退回到舱里,但是整个世界只剩下大海咆哮的声音,巴桑或许压根没有听见,他执拗地做着要做的事,直到把渔网撕开一条长长的口子，鲨鱼逃脱而去……

就在这时，一座比山峰还要高耸的巨浪眼瞅着砸向巴桑，它的核里包藏着摧毁一切的力量，巴桑的身体瞬间被卷进了大海……

大个子船长在驾驶舱里目睹了整个过程，一时惊骇得目瞪口呆……

十二

第二天，风刹浪小时，俄罗斯的搜救船在海面上找到了巴桑。当时他正双臂伸展，倒扣在海里，舒舒服服的样子像是睡在家里一样，跌宕起伏的海水好似梦境飘摇……

呼德尔已醉意醺醺，此刻如释重负地靠在椅背上，眼神黯淡：巴桑就这样死去了……悲壮吗？惋惜吗？可是一切都结束了……

就这么结束了？我喝光了杯里所有的酒，有点缓不过神来。

是啊，结束了。呼德尔抹了一把鼻涕，抬起头来朝向窗子，街上行人稀少，街灯熄灭。

唯一没结束的是巴桑和杉蔻领养的那些孩子，

他们的未来……呼德尔眼泪又止不住流下来：大个子船长临别前和我说，他们渔船公司要成立一个慈善基金会，以巴桑的名字命名，专门资助那些残疾孤儿，当然包括杉蔻的那些孩子……

我和呼德尔各开了一个房间。我要好好静一静，想一想，特别是返程时这一路上的遭遇，可大脑却仿佛停转了，只泊在了巴桑的一生。

一夜无眠。凌晨，我好像顿悟了什么，随即又模糊不清了。我轻轻敲开呼德尔的房门，把他摇醒。

我在想，为什么昨天我们的车事故频出……我对他说。

呼德尔睁着惺忪的眼睛看着我。

你觉得，与故乡相比，巴桑会不会更喜欢大海？

你的意思是？

我觉得我们无意间做了错事……

呼德尔比我更懂得巴桑，他思虑片刻后点点头,使劲握了握我的手。

高速开通,返回渤海湾的路畅通无阻。

天未破晓，沿途有朦胧的雪光为我们照亮,我和呼德尔神情肃穆,像在为一个平凡而又不平凡的人去完成一个神圣而庄严的使命。车到老虎山海岬正是清晨。此时冬日的海岬一片肃冷和静寂,朝阳从层层云霞和海面深沉的雾气中缓缓隐现。我将面包车开到一处陡峭的悬崖之上,它的下面就是铁灰色的波澜壮阔的大海。我和呼德尔打开车厢,将盛装巴桑的冷冻箱抬举出来,迎着玫瑰色的映射着七彩光环的阳光,慢慢走向崖顶……片刻之后,顺着峭壁的陡坡,冷冻箱就像一具棺椁,徐徐落去,直至溅起水花,沉入海中……

呼德尔的脸颊上映着金色的霞光,此时正眯着眼睛望着脚下那一片苍茫的无边无际的水域，对我说：我们做得对，只有大海能盛得下巴桑。

海风凛冽，我屏住呼吸，说：我怎么觉得巴桑没有死，他好像又要去远行一样。

会的，他会去更远的地方……最后一句，被淹没在大海的波涛声里。

巴桑，另一个自己

作者 海勤根那

怎样使小说读起来不费劲，就像看电影一样，悬念迭起，引人入胜，这是个让码字的作家最伤脑筋的问题。当然我们可以像福克纳那样自说自话，不管你看不看得懂。可很多时候，我读小说就像听催眠曲，哪怕是鼎鼎有名的大师的作品，读不上三段就昏昏欲睡，尽管我患有严重的失眠症。所以我总在思考一个问题，就连写小说的读小说都会困觉，那让普通读者情何以堪？这样下去，我怕“读小说”这种本就不合时宜的消遣方式哪天真的因为越来越不好玩而被束之高阁。这般担心并非多余，所以我近两年的小说尽可能写得好读，最起码故事开头做了这样的努力，预设一根线拽着读者读下去。《巴桑的大海》的开头就是这样——“我跑长途做运尸人那些年……”

这是小说为了吸引读者玩的花招。卡佛说，小说家最好不要耍花招，但他同时也说“一个短篇里要有点危险感和紧张感，有助于避免沉闷”。对此我的理解是：危险感和紧张感不属于“花招”，这样我就安心了。巴桑的故事可以平铺直叙吗？或许可以，但故事跨越的时间有点长，一个人从小长大，从生到死，让大家从头看到尾，确实难为读者，确实乏味，虽然他的一生足够曲折离奇。

但写巴桑却是因为别的。有时候，一篇小说可能来源于一幅画面、一个场景、一段音乐、一句引人入胜的描写。即便鸿篇巨制的《百年孤独》，马尔克斯自称他的灵感也仅仅来自一个视觉形象——某个午后，一位老人带着一个小男孩去见识冰块，这是马尔克斯珍贵的童年记忆。在他小时候，吉卜赛人的马戏团把冰块当宝贝展览。有一天他对外祖父说他还没见过冰块，老人便带他去香蕉公司的营地，打开一箱冰冻鲷鱼让他把手按在上面，让他感受一块冰的温度，从而为马尔克斯的童年铭刻了深远的记忆。而余华创作《活着》时，据说是他听了一段美国民歌《老黑奴》……这里，我无意拿自己与大师相提并论，想说明的是写巴桑其实只源自我的一个心结，它与我的童年紧密相连，那就是失不复得的父爱母爱。几年前我为父母亲修缮墓地刻立墓碑，才确切地算出父亲和母亲其实是在我四岁和九岁时去世的，而我则是从九岁开始便流落于方圆百里的几个姐姐、哥哥和叔伯家，尝尽了人间的辛苦。我不知道“孤儿情结”在心理学中有没有相关论述，它对一个人的一生会有哪些影响，总之它影响到了我，冥冥中呼之即来，却挥之不去。我为此写过小说《父亲鱼游而去》《母亲的青鸟》《我的叔叔以勒》等等。不过，在写巴桑之前的一段时间，我曾经一度以为自己遗忘了童年，因为很少在梦中与之相遇了，要知道我现在已是三个孩子的父亲，最小的儿子也比当年失去父亲时的我大上两岁。可就在我做梦都梦不到父亲的时候，父亲又向我发出呼唤，就像《河的第三条岸》里的父亲，在永不上岸的小船上，在故事的最后，还要向主人公招手示意。

其实更多时候，作家们对自己的作品

都缺乏归纳。当有一天评论家指出我多篇小说的共性时，我才有所察觉，他们说，我的小说里怎么那么多“出走”和“寻找”，我的困惑到底是什么。为此，我找来这些小说，找来《寻找巴根那》《骑手嘎达斯》《云青马》《温都根查干》等等，左瞧右看，发现评论家言之凿凿，但我却无从知晓自己内心的隐秘，是蒙古族人的基因作祟，还是童年四处沦落的结果？是的，蒙古族人自来没有固守的概念，他们生来便逐水草而居，有蓝天的地方就有信仰，有草原的地方就是故乡。记得几年前，我曾经犯过一个幼稚的错误，根据家族传说去寻找自己的祖籍——

察哈尔正蓝旗伊和苏木，我从呼伦贝尔出发，跨越兴安岭、科尔沁，去往锡林郭勒，在浑善达克沙漠的边缘，我放大了卫星地图，试图找到祖先曾经的居留之地，事实上，如今的正蓝旗伊和苏木因撤乡并镇已不复存在，而整个锡林郭勒叫作伊和苏木的地方又不止一个。面对这种魔幻般的现实，我的寻找注定没有结果。后来当我读到一本介绍祖先各部源流的书，才感到了自己的愚拙：曾担负皇家卫队职责的察哈尔部，所踏过的足迹又何止内蒙高原，即便有故地也是短暂驻留，我们又该怎么定位哪里才是他们的故乡？换言之，草原如此辽阔，一条河和另一条河如此近似，一座山和另一座山这般相像，蒙古族人又该怎么区分哪个是家园哪个是异域？

这么说，该是游牧人的“出走”和“寻找”以某种遗传的形式流淌于我的血液里了，在我学会写作后不自觉地显现出来。虽然我的“出走”和“寻找”其意义已不同于祖先，包括这次启程的巴桑。

其实在巴桑走向大海之前，我并不知道他要去向哪里，总之我要让他代替我再次远行。那些天我无意中听到了一首草东的摇滚歌曲，其中没有任何故事情节的一句：……他明白他明白我给不起，转身向大海走去……这无端的歌词反复萦绕在我脑海里，仿佛在暗示着巴桑——这个在内陆草原长大的孤独少年，因了对父亲的渴慕，因了对远方的想往，最终走向了大海。为了让故事有更大的落差，我假设了这个少年没有双腿……这个情节并非我无中生有，凭空捏造，那是另一个牧人的故事，他年逾五十，就居住在哈拉哈河边，因捡拾诺门罕战役留下的一枚炮弹而失去了下肢，现实中，他的一个伙伴也躯体全无……战争留下的“遗产”从来都没有消失，给人类留下的隐痛也无处不在。当巴桑的形象在小说里渐渐清晰时，他也有了生命和人格的温度，他向往父亲般的伟岸和大海的宽广，但他更同情弱者，悲悯生灵，并且可以为之付出一切。

巴桑最后身葬大海，这是我为他预先设计的归宿。只有这样，巴桑的一生看上去才显得适宜，才显得壮观而美丽。

《巴桑的大海》：辽阔浩瀚的生命史诗

评论

作者 崔荣

叙事如海上航行般跌宕起伏，亦神肖于自己笔下掌控命运的主人公，海勒根那在《巴桑的大海》中以大海为隐喻，通过塑造只有上半身的硬汉形象巴桑，沉着书写出一部波澜壮阔的生命史诗。如所有史诗，它古老、辽阔和浩瀚，内蕴无限壮伟与巨大悲悯，以激荡震撼之力，焕发我们内心最深处的生命力量、主体意志和爱。

一、挣脱命运的牢笼

巴桑是如此动人心魄，他以残缺之躯一而再再而三地挣脱惨淡命运的牢笼，小说使这执着强韧的生命力量具象化，极富张力地唱出了生命冲破桎梏顽强生长的古歌。

命运苛待巴桑。出生就没了母亲，三岁时父亲死于风雪，六七岁时巴桑又成为多年前诺门罕战争的受害者：当他和小伙伴从水里把一个锈迹斑斑的铁家伙拖上岸时，无从得知那是一枚炸弹，炸弹被好奇的孩子砸得爆炸后，活下来的巴桑就只剩下了上半截。从此，巴桑就成了一团在路上蹦来跳去的肉瘤，当他再大些，能用两只手走路，觉知其他孩子嘲笑和欺辱的恶意后，对这难以弥补的残缺的勉力克服，巴桑便再不示人。

这正是作者的巧思所在。再没有一个形象，能像有着灵活而残缺肉身的巴桑，让人深切意识到命运在打造囚禁巴桑的牢笼时是那么残忍而又万难撼动。然而巴桑从未放弃过挣脱这牢笼的努力。

第一次挣脱牢笼，是巴桑以骑手的姿态让骏马飞奔。

半个身子的残缺于谁都是难以冲破的桎梏，尤其是在骑马时，没有腿的巴桑既上不了马也夹不住马鞍。父亲又曾是最优秀的骑手，这牢笼对巴桑的困缚倍显残酷。当牧村的蒙古族孩子们都骑马在草原四处驰骋奔突时，巴桑“只有远远地伫在土墩上望着的份儿”，更有甚者，顽劣的孩子们会打马绕着孤独“站”在土墩上的巴桑叫嚷起哄，“将他矮小的半截身体湮没在飞扬的尘土里”。与这牢笼如影随形的是如飞扬的尘土般无处不在的羞辱。

但借助于剩下的一半身躯，少年巴桑摆脱了这一切。动力不是来自那些欺凌所激起的原始复仇主义情绪，而是来自那颗对命运永不屈服的心。马上和海上的无边浩瀚与无数未知，也永远吸引着被命运困囿的巴桑。

于是巴桑把自己绑在马鞍上骑马，第一次尝试的结果是摔得右臂脱臼右手掌翻垂，但他目光平静。这平静意味着毫不退却、奋力再搏。很快，巴桑就能骑着枣红马掠过那些欺辱他的孩子，骑术精湛到不但可以在扬尘的马背上闪转腾挪、上下翻飞，还能从奔驰的马上俯下身去拾起地上的羊棒骨。那绝佳的驾驭能力和控制力，确证出生命在绝境中也能顽强生长的力量。

再一次挣脱牢笼是巴桑徒手走向大

海，将理想变成现实。

走向大海是内陆草原生活的人们无从想象也万难开始的征程，然而这征程在依然半个身子的巴桑那里却是许多次真切地出发，构成他此后一生未曾中断的生命跋涉。

首次出发是骑术竞技得胜后不久，十多岁的巴桑启程寻找父亲和大海。他用自己的双手走了百余公里，然而未果，只到了湖边就昏死过去被救了回来。恰恰就是这失败的出发，真切照亮了巴桑的万丈雄心，那高悬的看大海的理想，让巴桑的生命力量有了始终如一的聚焦。在放弃爱人又失去亲人后，成年的巴桑再次出发寻找幼年时在山洞中听过的海涛声。世易时移,原来惊涛拍岸的山洞早已遍布乱石。

至此,狰狞的命运一再打击巴桑,宣告即便出发可能也将永远无法抵达。但巴桑从未在命运面前归顺。即便是后来他酗酒无度、离群索居,这扭曲的生存形式宣告的也是巴桑不会和庸常的现实达成和解,理想从未被深埋，苦痛和消沉不过是因为理想依然高悬，还无时无刻不烧灼着巴桑的心。

理想变成现实，仰仗的还是巴桑精湛过人的骑术。外来的马戏团带着巴桑走出牧村去往各地，生命的跋涉得以续航。巴桑通过学习拿到了海员证，“我心中一直有一片大海”的梦想有了最为坚实的实现凭借。能去太平洋捕鱼，巴桑依然是徒手为之，然而这次去往大海之始，即已宣告没有腿脚的巴桑完全突破了生命的局限而如愿以偿，至此，命运的牢笼他已彻底击碎。

马上和海上构成巴桑生存的疆场，亦对应现实和理想的两端。《巴桑的大海》让我们看到在由现实通往理想的狭路上，巴桑和命运的几次短兵相接回回酷烈，最终得胜的总是巴桑，遥远的理想终成灿烂现实。生命力量无形有质,对它的表现本身就构成了挑战，然而海勒根那在为巴桑的生命力量赋形时端凝肃然、力透纸背,令人动容。

二、遍看世界的传奇

“我要走遍全世界”。当大多数健全之人在庸常的生活中埋葬了自己的理想时，已挣脱命运牢笼的巴桑还始终供奉着幼时的渴望,这鼓舞骑手巴桑永不止步,驾驭命运之马一变而成为铁臂人巴桑，再变而成为最好的海员巴桑,在大海这“世界上最广阔的地方”,他是命运的舟子扬帆海上。丰沛的人生已然宣示，巴桑获得了遍看世界的内在自由。这自由得来如此艰难,海勒根那由此谱写出生命主体意志从自发到自觉,再到自主自为的传奇。

巴桑的永不止步，最初源于蒙古民族世代相传的骑手精神的召唤。这骑手精神是指那些翻山越岭、踏冰卧雪,总在路上追寻的骑手始终保持着的尊贵、忠诚、自由甚至神圣的特质。在巴桑这里,骑手精神是精神血缘，经由父亲传递而流动在巴桑的生命中，成为巴桑主体意志发育的源头活水。

小说中巴桑念念不忘地寻找父亲,当

然源于这个幼年丧父的孩子对父亲自发的情感需求,更重要的是,寻找父亲之举拉开了巴桑对骑手精神自觉追寻的大幕。巴桑的父亲达里是为了找回生产队迷失的马匹而冻死在风雪中,可谓忠义;少年时就获得过十个牧业生产队的赛马冠军,可谓不凡;又拥有牦牛一样的体魄,放牧、套马和摔跤无所不能,可谓集勇武与智慧于一身,达里正标示出骑手精神及其高度。从牧村走向大海,扶巴桑上马的人正是那个被作为范型渴慕的阿爸,而那枚海螺,则宛如给巴桑去往大海的路途留下的路标。虽然只在别人的叙述中活着,阿爸却完成了对巴桑最初的引领，让巴桑在与命运搏击的本能对抗中，锻造出惊人的骑术、健硕的上肢、宽阔的胸膛，拥有了少年不该有的坚毅，更雕刻出自觉的生命意志。

主体意志一旦自觉，就又推动着巴桑不断汲取知识、开阔眼界，那些古老强劲的精神血脉浩荡成向前奔腾的奋进洪流，特别是巴桑跟随马戏团走南闯北，成为可以驾驭四匹马的铁臂人后，以放弃业已熟悉的马戏团生活为代价，拒绝不义，勇敢地离开，这是真正从内心启程；再选择去海洋学校学习，让我们看到骑手开疆拓土的地方也在多个领域；又经过了无数次地被拒绝和再努力后,登上远洋捕鱼的巨轮。巴桑航旅四海后所形成的完全意义上的世界性视野，对于蒙古民族的骑手精神既是极大拓展，也是更高意义上的回归。在巴桑的放弃、选择和反复尝试之中,执掌自己命运的主体意志已然非常清晰。

这一主体意志是如此强大，它让巴桑克服了最初航行海上晕船的艰难，适应了漫长航线上的无聊寂寞。作为一名体力超群、精力充沛的船员,出于对大海的热爱,巴桑完全胜任船上的所有工作，学会了很多国家的语言，无论是穿越整个南太平洋捕钓鱿鱼,还是去往北太平洋捕捞秋刀鱼,抑或是在世界的各个港口停留，包括找到真爱在海参崴建成可以尽情酣睡的小家，出海的循环往复中，世界辽阔已被巴桑尽收眼底。至此，巴桑的人生理想全然实现，生命航程达到目的，他终于获得了哲学意义上的自在、自主和自为。

但最强烈的自主自为应该是即便死后，巴桑也拒绝回到故乡，他最后的选择是葬身大海。这一情节也是海勒根那烙印巴桑主体意志进而深拓小说意涵时最为有力的地方。

整体看，《巴桑的大海》是以跑长途做运尸人的“我”和巴桑最好的朋友呼德尔护送逝者巴桑回到故乡为基本的叙事框架，巴桑令人叹为观止的一生，就在他们千里归乡的路上,在呼德尔向“我”回忆的一个个故事中被拼接完整。这种套合式的小说叙事模式并不鲜见,罕有的是,海勒根那有意令这归乡反转成离乡，故乡的意义被消解或曰改写，巴桑最终被送往他内心的原乡,大海或曰天地寰宇。恰恰是这归乡又离乡的情节设计，皴染出巴桑自主自为的强烈意志,而运尸途中的种种奇遇,则标示出这主观意志是多么坚执不驯。

按照世俗意义上的理解，将漂泊在外客死他乡的逝者带回故乡安葬是善终。但小说却写到，叙述者“我”、呼德尔和逝者巴桑的归途充满意外和坎坷。从起始的大雪封路到后来莫名歧路以至于路面出现了冰包车辆侧滑卡顿，归乡路上晦气的事情接二连三。在小说的最后，对巴桑完全理解并充满钦佩的“我”和呼德尔才意识到，万物有灵，甚至在死后，巴桑的魂魄依旧不灭，他也拒绝回到内陆草地，南辕北辙事故频出不过是面对好意的拂逆，巴桑的意志一而再再而三地用力说出内心所想。所以当灵车掉转车头驰往大海时，一路顺畅。最终巴桑得偿所愿，身心俱归大海，“我”和呼德尔在凛冽的海风中相信，在这无尽的辽阔之地，巴桑将再次从内心启程。

巴桑死后其魂魄也要决绝离乡而执意去往大海可谓《巴桑的大海》的神来之笔，巴桑的主体意志由此在文本中熊熊燃烧，甚至生生不息。

三、爱是永恒归途

《巴桑的大海》书写巴桑生命强力舒张和主体意志觉醒的过程也是呈现世间鄙陋黯淡之处的过程，但小说同时更对爱的承载力和动能有令人叹服的吟诵，这让文本保有惊人的明亮甚至辉煌。毋庸讳言，巴桑令人崇敬不仅仅是因为强悍的外在和强大的内心,更源于他始终笃信并持守着爱。正是爱让巴桑面对那些持续的失去以及深在的人性扭曲异化时内心圆融不曾变形;也是爱让他拂去肉体和精神的苦痛、无奈和戕害后变得深沉豁达。巴桑以爱踏平世间的荆棘，成就饱满、真醇和深厚的生命质地，小说便也是海勒根那雄浑唱出的爱的祝赞词。

巴桑一生都在失去。父母双全和肢体健全巴桑都没有,这可谓生来一无所有。但命运投之以失怙无母,巴桑回报以琼瑶。巴桑以执着的自我追寻发展了勇敢坚毅的骑手精神，父亲在他的成长中就并未实质性缺席。而他从收养他的老额吉那里得到爱和包容,更承续了善良仁爱,他在老额吉罹患恶疾需要疗治时,无奈卖掉相依为命的枣红马筹资,辍学劳动以减轻老额吉的负重,又在老额吉去世后遵循传统的丧葬方式郑重地安葬了老人。可以说,代际传承的精魂巴桑都已经获得,且又加倍反哺和偿还。巴桑走出牧村走向世界,将勇敢尊贵的骑手精神带到所至之处,抵达父亲难以到达的境界;而善良仁爱让巴桑热心救助航程中所遇到的残障儿童,还长期给负伤老兵汇款,大个子船长反复说的“巴桑是个好人”,实在难以涵盖巴桑的义行及其背后深沉的大爱。

没有生育能力这至为根本的失去，并未影响巴桑以坦荡、成全和呵护诠释爱的真谛。巴桑深爱青梅竹马、两情相悦的阿丽玛，但也了然残缺之躯无法给阿丽玛健康完整的爱，更明白过早辍学的自己可能会拖累还在上学的阿丽玛的脚步，所以他以全然放弃成全心上人，只为她能有更好的选择。深爱的人如草原上的百合永远盛开在他心间，这爱巴桑便永远不曾失去。而巴桑和没有胳膊眼睛的杉蔻在异国他乡红尘相伴，不仅仅是因为她神似自己爱过的阿丽玛，关键是杉蔻和他是同样的人，诸多失去丝毫不曾减损他们心地的纯良和对万物的爱意。更何况与杉蔻相遇时，巴桑完全有了负载这份感情的能力，他坦然去赚更多的钱，坚实承担起自己所有的责任，收获爱带来的满心喜悦和无比惬意。

在最直观呈现生命质地的爱情里，巴桑从未像其他身强力壮的水手，以扭曲浪荡的形式安置自己本应珍重的情爱。宛如他在海底觅得的那颗蓝色珍珠，巴桑给予自己生命中最重要的两个女性的爱，始终都是珍稀、莹润和饱满的。而巴桑和爱人唱过的长调短歌，巴桑与阿丽玛相拥的黄昏，巴桑与杉寇小屋上空的那些数不尽的星星，都在诉说美好的爱情让巴桑的生命更加柔和圆融，亦为小说增添回味不尽的诗意。

爱能生出对抗人性黑暗和扭曲的力量。自小,那接二连三的失去就让巴桑饱受周围小伙伴的欺辱,面对这些,巴桑从未低头求饶,更未将自己变成黑暗扭曲本身。他宁死不屈护卫尊严甚至衍生出惊人的力量，巴桑将这力量转化为超人的技艺和健全的内心。这孤独抗争和明朗气象让对手完全折服,多年后,曾欺侮巴桑的布仁给巴桑买的那辆不敢声明的轮椅，就是他彻底征服对手的证物。

爱丝毫不容邪恶进犯。当黑暗和扭曲突破了巴桑最后的底线，他也以浩荡凛然的巨力扫荡这黑暗扭曲。比如当不可一世的昂沁为了争夺阿丽玛恶毒地亵渎巴桑的阿爸是酒鬼时，巴桑发力突击差点将昂沁捶个半死。而在海上，当心灵和情欲都完全异变的老淫棍“大黑牙”对男童奥古斯汀泄欲时，巴桑用暴风骤雨般的拳头打掉了这恶棍的牙齿，打折了他的鼻梁和肋骨，哪怕以陷入牢狱为代价。以勇武决绝还击黑暗，这些赞美拔山扛鼎之力的情节带来的不仅仅是奇峰突起激烈陡转的叙事效果，还极为充分地彰显出爱的刚硬、坚实和厚重。

一旦走出一己悲喜而泽被苍生，巴桑便与世间万有和气象万千互为镜像，他的爱就是博大、悲悯和庄重的。在巴桑有力量之时，却从未行过不义之事，他将自己双臂所得转化为不着痕迹地给残缺以完整，给失去以复得，给屈辱以尊严，给辽阔世界的万物以更多的温暖和善意，甚至最终，巴桑也是为了救出海中误入渔网可能被割掉双翅的鲨鱼而被巨浪吞噬。善待万物兼济天下，巴桑的爱，完全匹配着他爱着的大海。

回首便觉拍案惊奇。巴桑原来一直都“横站”在失去的厄运中，也总是在直面人性的黑暗扭曲，但他却从未对这苍凉人世灰心，也没有被这些偶然或必然的黑暗荒寒所吞噬，而是用善良和爱赢得最多的爱和敬重，护佑光明永在。或许这正是海勒根那和这部《巴桑的大海》所有思索的终极处：不可避免的失去和永在的扭曲黑暗是世界、生命和生存的真相，只有爱，成为灯火、力量和永恒的归途。爱，让有着残缺肉身的巴桑，走向终极意义上的圆满甚至浩瀚。表达这一思考时，海勒根那所使用的跌宕起伏又从容严整的精妙结构，出人意料又得其圜中的叙事反转，还有始终灌注着的丰沛深沉的情感，包括极富诗意的动人细节，都显示着艺术的力量：优秀的小说同时也会是有能力描摹出生命壮丽辽阔景象的史诗。